致青春 057

人生苦短甜長

（下）

安思源　著

高寶書版集團

目錄
CONTENTS

第六章　怕是得收拾一輩子

聽說「小紅刷」最近產量劇增，原因是蕭湛每天都要直播三四個小時，什麼話也不說，就悶頭做刷子。

他的那些小迷妹很開心，原先他一兩個星期才直播一次，現在不僅每天都能見到他，大家還紛紛表示突然高冷起來的他比以前更帥了！

增滿正昭也很開心，彷彿看到了天賜良機，於是他特意抽空把蕭湛叫進辦公室，打算再添把火。

「蕭湛啊，他們說你最近天天埋頭做刷子，認真工作是滿好的，但也要注意休息啊，可別把身體搞垮了。」他的開場白語重心長，聽起來就像個慈祥的長輩，就連臉上的神情都充滿了擔憂。

可坐在對面沙發上的蕭湛連眼都沒有抬一下，敷衍地「嗯」了一聲，算是回應。

見狀，增滿正昭索性直接切入了重點：「還在為封趣的事不開心？」

蕭湛猛地動了一下，腦中不禁地浮現出那天封趣和薛齊旁若無人的親暱模樣。

「唉……」增滿正昭溢出一聲長嘆，語氣裡滿是無奈與惋惜，「我也沒想到三端居然會做化妝刷，聽說還找了百媚生的千金合作？」

「玩聯名而已，這幾年很常見。」蕭湛依然沒有把這件事太當成一回事，在他看來，這兩家聯名對增滿堂構不成絲毫威脅，「雖然這幾年百媚生有翻身趨勢，但不過是在國外那一眾大牌彩妝的夾縫中求生存，這樣的聯名，不過就是賣國貨情懷，掀不起太大的水花。」

「我是說，他找了百媚生的千金合作，而不是百媚生。」

蕭湛不解地蹙了蹙眉：「有什麼區別嗎？」

「據我所知，崔家那位大小姐對家裡的生意半點興趣都沒有，她自小就喜歡漆器，八歲拜入甘靖門下。」說到這裡，增滿正昭故意停頓了片刻，留意著蕭湛臉上每一個細微的表情，意味深長地問，「你覺得薛齊這次找她合作是在針對誰？」

「他們想做『小紅刷』？」蕭湛立刻猜到了薛齊的目的。

「嗯。」增滿正昭點了點頭。

蕭湛陷入了沉默，這對他而言確實是不小的衝擊，但這份衝擊源自封趣。

儘管他心裡清楚三端並不是封趣的，薛齊才是決策者，她只不過是聽命行事而已，可是從他的立場來看，她的聽命行事就是助紂為虐，甚至是一種背叛。

看著他的雙手逐漸緊握成拳，增滿正昭毫不掩飾地挑了挑眉，問：「你是不是覺得，儘管這未必是封趣的意思，但她的不作為就等同於背叛？」

蕭湛的眉梢微微動了一下，他略帶挑釁地看著增滿正昭。

這是一種無聲的較量，然而增滿正昭並沒有太當成一回事，甚至氣定神閒地在這把火上又澆了油：「也不怪封趣，她不可能去阻止薛齊，因為就這件事而言，她或許還覺得自己有愧於薛齊。」

「什麼意思？」明知道他在玩套路，可蕭湛還是忍不住追問。

預料之中的反應讓增滿正昭難掩得意地揚起嘴角，口吻仍是無奈——一種假惺惺的無奈。他顯然並不在意被蕭湛看穿，因為他很確定，接下來他要是說了那些話，無論蕭湛如何抵抗都會不可避免地入套——

「事到如今，我也就不瞞你了。你還真的當封趣跟你那些粉絲一樣，是看了你的直播後，追你追到你母親的漆器教室嗎？別傻了，這丫頭哪會有這種閒情逸致。她的確是看過你的直播，但那可不是什麼命運般的邂逅，那段時間她做了不少功課，搜集了很多漆器匠人的資料，最終公司從中挑選了幾個候選人，而你只是其中之一。」

「你的意思是……」蕭湛覺得喉頭有些發緊，突然連說話都有些困難，好不容易才繼續說，「她是帶著目的接近我的？」

「你當時就一點都不覺得奇怪嗎？她不過就是隨隨便便推薦一個人給我，我就這樣爽快地答應讓你去籌備一個系列，還是公司最重要的系列。增滿堂可不是我一個人說的算，這種事情怎麼可能連股東大會都不需要開？那是因為早在她接觸你之前，公司就已經確定要做『小紅刷』了，甚至可以說是萬事俱備，只欠你這股東風。」

當時蕭湛確實不覺得奇怪，因為他並不清楚封趣和增滿正昭的關係，至少表面看來他們就像父女一般融洽。知曉了他們之間的一些恩怨後，他也曾有過懷疑，但很快就釋疑了，因為他太清楚封趣的手段，只要她想，就沒有搞不定的人。

直到這一刻他才知道，當初被她搞定的不是增滿正昭，而是他。

都說「人生若只如初見」，可當若干年後才發現初見時就已經充斥著利用與欺騙，這滋味必然不太好受。儘管如此，他還是在負隅頑抗，不願意讓增滿正昭得逞。

「那時候我跟她還談不上有什麼交情，她利用我來立功也無可厚非，況且我也不吃虧，互利共贏，滿好的。」他故作輕鬆地道。

「立功？看來你還不夠了解封趣。」增滿正昭輕笑了一聲，不疾不徐地道，「這個系列的確是封趣的提議，想法是好的，但實踐起來難度太大，考慮到無法大批量生產的問題，股東那邊都不怎麼贊成，她最後用來說服我們的理由是——三端在被我收購時就已經把漆柄刷列入第二年的計畫中了，並且已經跟一些中國的漆器匠人談好了合作，具體運行模式三端也早就想好了，我們只需要直接拿來用就可以。聽說這個創意源自薛齊小時候的一句戲言，說白了，這就是薛齊一直想做卻沒能做到的事。

你還覺得封趣是想要立功嗎？她是考慮到薛齊或許永遠都不會再回來了，三端也遲早有一天會被人遺忘，於是……」增滿正昭直勾勾地看著蕭湛，給出致命一擊，「她借你的手，完成了薛齊的夢想。」

蕭湛沉默著不予回答。

「她現在一定很後悔吧，如果當初她知道薛齊有一天會回來，恐怕就不會有『小紅刷』，也不會有你了。可惜啊，這世上沒有『如果』，她現在能做的就只有彌補。這種情況下，她怎麼可能反對薛齊做這個系列呢？不僅不會反對，她還會拚盡全力地幫助他。」

「你到底想說什麼？」終於，蕭湛還是敗下陣來。

「我想說的都已經說完了。」增滿正昭微笑地道。

他已經成功地在蕭湛心底埋下了「嫉恨」的種子，相信開花結果的那一刻很快就會到來。

開花結果的那一刻當天晚上就到來了……

蕭湛失戀了，跟那個他連臉都記不太清楚的小網紅分手了，是對方提的，她是這麼說的：「我甚至懷疑我們到底是不是在談戀愛！約你出來總是沒空，好不容易一起吃飯，你全程都在恍神，傳訊息給你十句，你才回一句，回的那一句還絕對不超過三個字。你要是心裡想著封趣你就去追，別拿我當填補空虛的調劑品，老娘我也不缺男人，憑什麼給你當備胎？」

他就像大部分失戀的人一樣選擇了借酒澆愁，奈何酒量太好，直到整個酒局結束他仍舊清醒得很，清醒且認識到了他心裡的確想著封趣。

等回過神來的時候，他已經敲開了她家的門。

她穿著一件男友風的睡衣，長髮紮成了簡單的馬尾，落在頰邊的碎髮透著幾分慵懶，整個人看起來性感得要命，只可惜見到他後，卻是一臉見了鬼的表情，錯愕、呆滯、困惑，甚至還有防備。他有些懷念從前，那時候她總是笑著為他開門，她的笑容有種魔力，彷彿能讓萬物生長，包括他對她的感情，不知不覺間已長成了參天大樹，根莖紮在了他心裡，枝冠填滿了他的整顆心，要再容下其他人談何容易？

「你居然真的來了？」她回過神，打破了沉默。

這句話讓蕭湛愣了愣：「什麼叫我居然真的來了？有人說過我要來嗎？」

確實有人說過，薛齊說的。就在跟崔念念談完的那天，把她送回家後他曾說過「不出意外的話，蕭湛這幾天或許會來找妳」。

她以為薛齊只不過是隨口說說，甚至沒有把這番話放在心上，直到打開門見到蕭湛的瞬間，她想起了薛齊的話，本能地想跟蕭湛保持距離。她認為他多半是為了崔念念正在籌備的那套化妝刷來的。

「沒有，就是有些驚訝……」她藏好情緒，小心翼翼地問，「你找我有什麼事嗎？」

「沒什麼事，就是想妳了。」

「呃……」

「不請我進去坐坐嗎？」他問。

她委婉地回絕了：「不太方便……」

「家裡有人？」蕭湛咄咄逼人地問。

「就是因為沒有人，孤男寡女的……」

「我又不是第一次來妳家。」

「你以前都是白天來的啊，這都快十點了，我還穿著睡衣，不太好吧。」說著，她有些彆扭地拉了拉睡衣的下襬。剛才急著開門，她只是匆匆地套了條安全褲，現在有些後悔，早知道還是應該換件衣服的。

「妳穿比基尼的樣子我都見過，有什麼不好？」

「那是跟公司一起去沖繩員工旅遊的時候吧？」封趣皺了皺眉頭，總覺得他今天有點胡攪蠻纏，「去海邊當然穿泳衣了，大家也都那樣穿，跟現在完全不是一回事。」

「我怎麼記得妳穿比基尼的樣子就只有我見過？」

「那也是因為你不准我在大家面前脫外套啊！」

「我讓妳別脫，妳還真的不脫了啊？真聽話。」他臉上終於有了笑意，是久違發自內心的笑，「看來妳是真的很喜歡我呢。」

封趣沉默了，不太明白他現在說這種話究竟是什麼意思。

「那妳跟薛齊又是怎麼回事？」

「就……那麼一回事唄……」她含糊不清地回道。

「我想聽實話。」為了讓她沒有繼續回避的餘地，他又補充了一句，「還是說，妳連我都不相信了？」

雖然他都已經把問題上升到了這種高度，但封趣還是沒有放下戒心：「這就是實話。」

他心口一涼，怔怔地問：「妳喜歡他嗎？」

「嗯……」封趣下意識地避開了他的目光。

「看著我，一個字一個字地說。」

她深吸了一口氣，抬眸，目不轉睛地看著他道：「我喜歡薛……」

話音未落，他忽然抬起手，用蠻力強行推開了原本半開的家門，往前邁了一步。

封趣來不及避讓，隨著他的靠近，一股濃烈的酒氣鑽入她的鼻子，讓她不自覺地緊張起來，話音也跟著戛然而止。

她下意識地想要往後躲，卻被他擒住了手腕猛地往懷裡拉，他俯身、低頭……

當意識到他想要幹什麼時，封趣猝然扭頭避開。

他的唇只是輕輕擦過她的嘴角，這已經是他們認識至今最為親暱的接觸了。在此之前，他一直都在克制，生怕一旦跨出那一步就再也沒有退路了。事實也果然如他先前所想的一樣，她的味道即使淺嚐也會上癮，那是一種味蕾品嚐不到的甜，只有心知道。

人心都是貪婪的，他不禁地想要索取更多，甚至是全部的她。

於是，他仗著力量上的優勢將她抵在了牆邊。

「你瘋了嗎？」她叫嚷著別過頭躲開。

他也沒選擇追擊，來勢洶洶的吻趁勢落在了她的脖頸間。他知道薛齊會看到，於是就像在向對方宣告主權一樣，用力吸吮著。同時，他的掌心探入了她的睡衣裙襬，順著她的腿漸漸往上。

她緊咬著牙關，死死地扼住他的手，不讓他有繼續造次的機會。

無聲的較量持續了很久，她已經力竭，溢出了哀求般的嗚咽：「不要……」

蕭湛卻絲毫沒有心軟，反而變本加厲。他輕咬著她的耳垂，那雙手終於甩開了她的鉗制，炙熱的掌心滑過她的纖腰，像條魚般靈巧地往上游弋，指尖彷彿已經能夠感覺到她的軟綿，若有似無的觸感讓他有些忘情地溢出了一聲低吟……

被慾望包裹著的聲音讓封趣意識到他完全喪失了理智，指望他主動停下來是不可能了。她幾乎用盡了全身的力氣才將他稍稍推開，依靠著好不容易拉開的微小距離，她揚起手，狠狠地甩了他一巴掌。

清脆的巴掌聲在房間裡響起，整個世界突然安靜了。

他愣怔著，許久都沒有反應，只是定定地看著她，眼神就像是一隻受傷的困獸。

「你喝醉了，我去趟洗手間，你好好清醒一下。」封趣看似平靜地說完了這句話，然後逃一般地衝進了洗手間，生怕他反應過來後會把剛才的事繼續下去，她已經沒有力氣抵抗了。

她躲進洗手間後，立刻將門反鎖，還是覺得不安心，又把一旁的櫃子拖到門邊抵住，這才覺得放心了些。

她翻下馬桶蓋，坐在上面，不停地喘著氣，整個人依舊在不停地顫抖，腦中一片混亂，以至於她完全沒有顧及剛才拖動櫃子的聲音對蕭湛而言意味著什麼……

那就像磨刀的聲音，刺耳又尖銳，鋒利刀刃最終用力刺入了他的胸口，直達心臟。

原來心是真的會痛，一陣又一陣地絞痛。

他記不清楚自己在玄關邊呆站了多久，直到手機的震動聲傳來，那種痛感仍舊沒有消退。他只是本能地瞥了眼被封趣丟在玄關鞋櫃上的手機，當看到來電顯示是「薛齊」後，痛感加劇。他緊抿著唇，死死地瞪著手機，好一會兒後，那頭掛斷了才鬆了一口氣。

可是沒過多久，手機又一次震了起來。

他終於還是沒忍住，接通了電話。

『在洗澡嗎？訊息也不回、電話也不接，我明天要出差，可能要一個多星期才回來。這段時間妳去公司幫我看著，有什麼事妳做主就好，有空來我家幫忙餵一下魚。妳乾脆住我家吧，我這裡保全設施好一點，比海苔還靠得住，我家密碼還是我們以前用的那個……』電話那頭的薛齊頓了一下，大概是怕封趣不記得他們以前常用的密碼到底是什麼，又明確地說了一遍，『166915。』

蕭湛輕輕蹙了一下眉心，在思忖這串數字的意義，顯然不是生日。

『喂？妳到底有沒有在聽？』

「嗯，在聽，她確實在洗澡，我會幫你轉告她的，不過魚就不太方便幫你餵了，你不是還有個跟班嗎？是叫施易吧？讓他去幫你餵吧。」

手機裡一片靜默，蕭湛甚至可以猜想到薛齊現在的表情，可惜他無法親眼看到，不然一定很爽。

「沒其他事我就掛了。」

掛斷電話後，蕭湛怔怔地看著手機，有個念頭在他腦海中不斷翻滾著。

他知道這麼做不對，可結果他還是控制不住地在密碼介面試著輸入了「166915」，當手機順利解鎖的一刹那，他笑出了聲，覺得自己就像是一個笑話。要多深的感情才會讓分開那麼多年的兩個人仍在用相同的密碼？這種寓意不明的數字，藏著只有他們才懂的祕密，外人無法涉足。

相比他剛才跟薛齊說的那番自欺欺人的話，他的心口被紮了一刀又一刀，且每一刀都足以致命。

封趣也不清楚自己究竟在洗手間裡待了多久，她沒帶手機，也沒戴手錶，對時間完全沒有概念，度秒如年的感覺特別難熬。

這段期間她看著面前的牆也想了很多，比如……她真的喜歡蕭湛嗎？他的觸碰非但沒有讓她心動，反而讓她覺得害怕，甚至是想逃，這讓她開始懷疑自己對蕭湛的感情。

冷靜下來之後她才意識到，她搞錯重點了，他根本就是在利用她的感情脅迫她就範！因為喜歡就應該被他予取予求嗎？因為喜歡，她就不能討厭他這種完全不顧她意願的行為嗎？這叫強姦未遂啊，就算他長得再帥也是強姦啊！誰會對一個強姦犯心動？她感到害怕、想逃，那才是正常反應！

她很想走出去把這些話跟蕭湛說清楚，想告訴他，她不是不喜歡他，只是排斥這種強取豪奪的方式，還有就是……他們之間的問題太多，她沒有信心逐一克服，也不相信他會不離不棄，也許他們根本就不合適……道理上她也確實該跟他說清楚的，可她不敢，怕他會再次失控……

就這樣不知不覺耗了很久，她鼓起勇氣湊到門邊，試圖聽聽外頭的動靜。

外面很安靜，他是不是已經走了？她蹙了蹙眉，糾結著該不該出去。

忽然，一陣急促的門鈴聲劃破了靜謐，猝不及防地嚇了封趣一跳。

門鈴聲持續了很久，頻率越來越快，彷彿能感覺到門外的人有多焦急。

如果蕭湛還在的話他應該會去開門，他還不至於變態到假裝離開，等她自投羅網。這麼一想，她鼓起勇氣挪開了抵在門前的櫃子，緩緩打開洗手間的門，探出頭打量了一會兒。

客廳裡確實不像有人的樣子，她這才壯著膽子往外走了幾步。那幾步她走得格外提心吊膽，眼看著沒有動靜後，迅速跑到了門邊，當然不忘先看一下貓眼。當薛齊那張臉映入眼簾後，她就像是被餵了一顆定心丸，瞬間放鬆下來，立刻打開了門。

門外的薛齊已經準備踹門了，幸好及時收住了腿。

她神色慌張地站在門邊，呼吸急促，微張著唇，彷彿有很多話想說，卻一個字都沒擠出來。

「發生什麼事了？」他問。

「你先進來。」她往一旁讓了讓，甚至直接伸出手把他拉進來。

就在他跨進她家的同時，她一個閃身躲到了他身後，緊緊抓著他的手臂，轉著眼珠，警惕地打量著四周。

他轉眸瞥了她一眼，有些擔心地問：「到底怎麼了？」

「那、那個……你能不能幫我檢查一下臥室和書房裡有沒有人？」

薛齊沒說話，徑直朝裡面走去，路過洗手間的時候稍稍停頓了一下，瞥了一眼裡頭那個明顯被搬動過的櫃子。

難怪剛才她那麼久才來開門，看來他來之前她一直躲在洗手間裡，還很謹慎地用櫃子抵住了門。

她應該嚇得不輕，到現在都還在微微顫抖著。

這一刻，薛齊反而有些希望蕭湛還在，起碼他們可以痛痛快快地打一架，可是臥室也好、書房也好，都空無一人。

等他檢查完幾乎所有可以藏人的角落之後，她明顯鬆了一口氣，徹底放心了，這才後知後覺地意識到尷尬，連忙放開了他的手：「不、不好意思……」

「家裡又遭小偷了？」她看起來不打算說些什麼，他也很配合地佯裝出不知情的樣子。

「可能只是我多心了吧……」她含糊其詞地回道。

「海苔呢？」

「童佳芸她爸媽出去旅遊了，她一個人在家害怕，就把海苔接過去住幾天。」

「嗯……」薛齊不動聲色地打量著她，目光輕易地捕捉到她脖子上的吻痕，以及她手腕上明顯是被鉗制過而留下的瘀痕。他不禁咬了咬牙，壓抑著怒火問：「家裡有沒有活血化瘀的藥油？」

「有、有啊。」她不解地問，「你受傷了？」

他沒有回答，自顧自地問：「在哪裡？」

「我去拿給你……」話音未落，封趣就轉身走到了客廳的電視櫃旁，蹲下身，剛伸出手打算拉開面前的抽屜，突然就頓住了。

手腕上的瘀痕格外醒目，剛才太緊張了她一直沒太注意，現在才覺得手腕關節處有些疼，應該是剛才掙扎的時候留下的。

顯然，受傷的不是薛齊，而是她，他問藥油也是打算讓她用吧？

換句話說，她那個懷疑家裡又遭小偷的藉口根本就糊弄不了他。

薛齊就站在她身後，她的愣怔足以證明她已經察覺到了他要藥油的目的。他也沒再多說，兀自蹲下身拉開抽屜：「我來吧，妳去沙發上坐著。」

「好。」她也沒再推託，默默起身走到沙發旁，直挺挺地端坐著等他。

他從藥箱裡翻出了紅花油，確認沒有過期後才起身走到沙發旁，在她身旁坐了下來，將藥油在手心裡搓熱，抓過她的手腕，小心翼翼地揉了起來。

封趣很配合，任由他揉著，好一會兒後，她還是憋不住打破了沉默：「你沒什麼要問我的嗎？」

「不問了，又不是什麼愉快的回憶，沒必要讓妳再回味一遍，再說了……」他抬起頭，笑了笑，安慰道，「人沒事就好，其他的不重要。」

她低下頭，緊抿著唇。本來只是有些害怕而已，但也不至於怕到想哭，可是現在竟然覺得鼻腔有些酸酸的。

「不過……」他突然伸出手，指尖停留在了她的脖頸上，拇指指腹輕輕摩娑著那個格外醒目的紅印，「這個確實有些刺眼。」

封趣突然回想起了蕭湛剛才的行為，之前雖然一直在洗手間裡，可是情緒太緊繃，她也顧不得照鏡子……果然留下印子了嗎？

她連忙伸出手，有些窘迫地試圖遮住，卻又始終找不准正確位置。

「之後要是有人問起，就說是我弄的。」他縮回手，繼續低頭替她按摩手腕，語氣很平淡，就像是在討論天氣。

「你怎麼說得像接盤俠一樣？」封趣半開玩笑地道，想緩解一下氣氛。

他仍舊低著頭，專注著手上的工作，啟唇回道：「只要妳不是自願的，那就是我沒把妳保護好，這個盤活該由我來接。」

「你、你本來也沒有義務保護我啊……」

她居然感覺到心口輕輕顫了一下，這反應不太對啊，這句話更像是在提醒她自己。

「沒辦法，從我六歲起，我媽就成天耳提面命要我好好護著妳，這習慣我已經養了十幾年，改不了了。」

「以前也沒見過你保護過我啊，不欺負我就不錯了……」她輕聲咕噥了一句。

「我讓別人欺負過妳嗎？」

「喔……」她仔細想了想，「好像是沒有。」

「那就已經算不錯了。」

「你對自己的要求還真低啊。」

「我只是從小被周圍的人寵慣了，不懂該怎麼去寵別人，得慢慢學。」

「我也沒覺得你現在學會了啊……」話還沒說完封趣就後悔了，她沒資格質疑他，也許他早就已經修煉成精，只是沒有用在她身上而已。

他沒說話，淡淡地掃了她一眼，忽然加重了手上的力道。

毫無防備的封趣一陣吃痛，忍不住倒抽了口涼氣。

「痛嗎？」他問。

「廢話！當然會痛啊！」

「痛就對了。」他的動作又放輕了，「有對比妳才知道我平常對妳有多溫柔。」

封趣沉默了，細細感受了一下他的力道，的確很溫柔，就像是在對待一件易碎的珍品。

「差不多了。」他抽回手，站了起來，看樣子是打算去洗手，離開前突然拋出一句，「去收拾一下行李吧。」

「啊？」她呆呆地眨著眼，半晌後才反應過來，起身跟著他走到了洗手間門口，「收拾行李幹什麼？」

「出差。」

「去哪裡？」

「北京。」

「去幹嘛啊？」

「工作。」

「是為了崔小姐製作的那款化妝刷嗎？」

「嗯。」

整個過程堪稱對答如流，聽起來沒毛病，可是……

那天把她送回家後，薛齊確實把產品企畫給她了，是份非常詳細的企畫，不只有化妝刷的設計，還細緻到了市場分析、行銷策略等。

她突然覺得自己根本沒有用武之地，其實就算沒有她，薛齊一樣能把三端經營得很好吧？按照薛齊當時的說法，他原本確實不打算讓她參與這個項目，以免她夾在他和蕭湛之間為難。封趣對這番話是半信半疑的，他究竟是怕她為難，還是說他和崔念念一樣，根本就不信任她？

儘管如此，她並沒有選擇刨根問底。有些事一旦說穿了就是覆水難收，從今往後她想要當作什麼事情都沒發生過那是不可能的，這輩子都不可能。更何況，薛齊也表示了如果她想要參與，他求之不得，都已經把話說到這個分上了，她要怎麼問？

封趣並不想參與，夾在中間也的確為難。他也充分尊重她的選擇，最終決定由他親自負責這個專案的行銷，而她繼續負責另外兩個系列的產品。

所以說，他為什麼又突然要帶著她一起出差？

她皺著眉頭，不解地問：「不是說這個專案我不需要參與了嗎？」

「畢竟我不是學市場行銷出身，還是應該帶妳一起去。」當然了，這不過就是個藉口，事實上，帶她一起去北京是他剛剛臨時決定的，發生了那種事情，把她一個人留在這裡他不放心。

「一起去也好……」這款產品應該是公司未來一兩年內的主打商品，她也確實得了解一下，「是明天的飛機嗎？」

「嗯，早上七點多。」

「那豈不是五點多就要到機場？」

「所以妳乾脆別睡了，剛好我們可以先討論一下具體的行銷企畫。」

「也就是說，你今晚打算在我家過夜？」

「去我家也可以。」

這是重點嗎？不管在誰家，還不是孤男寡女共處一夜，發生過剛才那種事之後，她難免會有些顧慮。

「想什麼呢？通宵加班而已，別動什麼歪腦筋。」

他把話說到這個分上了，她還能說什麼？說多了，好像是她對他有什麼想法似的。

最後封趣還是選擇了去薛齊家……

他沒有帶行李，反正明天早上還是要去他家拿的，不如乾脆她整理好行李一起帶去他那裡，明天早上就能直接去機場了。

說是通宵加班，但結果她只撐到十二點多就睡著了。

◇

第二天早上，她被一陣濃郁的咖啡香味熏醒了，發現自己正躺在客廳的沙發上，身上蓋著條薄被，配合他家強勁的暖氣剛剛好，難怪睡得那麼舒服，等等，好像有什麼地方不太對……

封趣一看錶，七點多了啊！薛齊不是說早上七點多的飛機嗎？

她猛地從沙發上竄了起來，正巧，薛齊端著咖啡從廚房裡走出來，被她的動靜嚇了一跳，沒好氣地瞥了她一眼：「妳幹嘛整個人跳起來？」

「七點多了啊！」她嚷嚷著。

「哎呀，七點多了啊……」他配合地喊了一句。

封趣不解地看著他：「都什麼時候了，你還有心情開玩笑？我們不是還得趕飛機嗎？」

「改機票了。」

「啊？」

「我看妳睡得很香就改機票了。」

「改、改成幾點了？」

「還沒訂，反正飛機不行就坐高鐵，妳要是累的話就再睡一會兒。」

「不是……」這也太隨便了吧？她糾結地抓了抓頭髮，「你這不叫改機票，是叫浪費兩張機票吧！」

他想了想，點了一下頭：「嗯，也可以這麼說吧。」

「錢多嗎？你為什麼不叫醒我啊？大不了去飛機上睡啊！」

「昨晚發生了那麼多事，妳也累了吧？讓妳多睡一會兒不好嗎？」

「也不是不好，」她抿了抿唇，咕噥道，「就是浪費了兩張機票錢有些心疼。」

「妳還真有主人翁意識啊，這就開始替我心疼錢了？」

「也是，又不是我的錢，我心疼什麼？」她報復性地走到沙發旁，反正他都說累的話可以再睡一會兒，她還客氣什麼？

她躺回沙發上，用被子把自己包得嚴嚴實實的，背對著他，指尖摳著沙發背上的裝飾紐釦，越想越覺得還是沒有辦法不管他。

於是，她又猛地坐了起來：「薛齊，你這樣不行。」

「我怎麼了？」他茫然地問。

「我是不知道你這些年賺了多少錢，但肯定不夠收購三端吧？我沒猜錯的話，你肯定貸款了，困難時期，我們不能這樣浪費錢。這次就算了，下次不管我睡得多香，你就算打也得把我打醒，知道嗎？」

他輕笑了一聲，半開玩笑地道：「還有下次？妳打算以後常住我家了？」

「跟你說正經事呢！」

他收起了玩心：「放心吧，機票是里程數換的。」

「真的？」她還是不太相信。

「需要給妳看一下我還剩多少里程嗎？」

「那倒不用了……」以他之前的工作性質，會經常出差，他應該攢了不少里程，「那我們不要坐高鐵，還是換機票吧，我刷個牙、洗個臉就能出發了，你快點換。」

眼見她興沖沖地走到行李箱旁，看樣子是打算拿牙刷和毛巾，他啟唇道：「我幫妳拿了新的牙刷和毛巾，妳直接用吧，別翻行李了。」

「喔……好……」她點了點頭，有些忐忑地走進了洗手間。

洗手臺上擺放著一條疊得很整齊的毛巾，一旁還放著一個嶄新的漱口杯，裡頭放的牙刷顯然也是新的。

這讓她很恐慌！她從小接受的教育就是無功不受祿，就算是從前住在薛家的時候，薛齊的父母確實對她很好，但是家裡的事她也都會幫忙做，就連製筆也是為了他們才學的，只有這樣她才能過得心安理得，所以說……她現在很不安，他幹嘛平白無故地對她那麼好？這是想要她為他赴湯蹈火、肝腦塗地啊！

薛齊最終訂了下午兩點多的飛機，封趣就這麼懷揣著忐忑不安，又有些迷茫無措的心情跟他去了北京。她很想為他做些什麼，那樣至少她會覺得踏實些，可是她至今都沒搞懂他們這趟出差到底是要幹什麼，當然也沒機會問清楚，他一上飛機就睡，她也不敢打擾。

前來接機的是吳瀾和施易，這讓封趣有些意外。

見到她後，吳瀾顯得很尷尬，只是默默地對她點頭笑了笑。

反倒是施易像是什麼事都沒發生過，扯出一道曖昧的笑容，衝著她和薛齊直挑眉：「這是成了啊！」

封趣怔怔地眨著眼睛：「什麼成了？」

「行了，別裝了。」施易輕輕碰了她一下，目光落在她的脖頸間，「都已經被薛齊打上烙印了。」

封趣瞬間反應過來，臉頰漲得通紅，與其說是害羞，不如說是心虛、尷尬。

儘管薛齊說過，若被問起就說是他幹的，可她還是說不出口。

好在薛齊及時替她解了圍，半開玩笑地道：「我臉上也有個烙印，可惜退了。」

施易愣了片刻才聽懂他的言下之意，轉頭詢問起封趣：「妳打他啦？」

「我……」她支支吾吾的不知道該怎麼回答。

「那不叫打，叫愛撫。」薛齊啟唇道。

「你怎麼這麼不要臉啊？明擺就是你不顧人家的意願，結果被打了嘛，這是拒絕啊，徹徹底底拒絕你了啊！」

「有點道理。」這番話反倒讓薛齊加深了臉上的笑意，他轉眸看向封趣，輕聲詢問道，「所以妳是徹徹底底地拒絕了嗎？」

「那個……」這要她怎麼回答？他明知道這件事根本就跟他沒關係啊！封趣左右為難，只好岔開了話題，「說起來，你們怎麼會在北京？」

施易顯然想刨根問底，但吳瀾並不想讓封趣太尷尬，很配合地回道：「我來這裡做特展的報導，施易剛好有空，就陪我一起過來了。」

「特展？」封趣有些困惑地朝吳瀾看過去。

「博物館的一個特展。」

這是個找話題的好機會，封趣順勢追問：「你們公司不是做財經的嗎？連文化線也跑啊？」

「雖然是做財經起家的，但做大了，自然什麼都得兼顧。」吳瀾頓了片刻後又趕緊道，「說起來，是個書畫特展，妳應該挺有興趣的，有空的話妳可以來看看，正好我也需要一些妳的意見寫報導，這方面我實在不太懂。」

「這你得問我們家薛總了。」封趣瞥了一眼旁邊的薛齊，「我到現在都不知道這趟出差到底有什麼安排呢。」

「妳想去的話，明天陪妳去。」薛齊回道。

封趣默默地看著他。

「怎麼了？不想去？」

「當然想，可是……」先不說她確實對書畫特展滿有興趣的，何況吳瀾難得開口拜託她。雖然吳瀾的這個提議有想緩和關係的嫌疑，但封趣同樣想找個契機和吳瀾好好聊聊，沒理由拒絕。除此之外，她還有其他在意的事情，「我還是想先知道我們這趟出差到底要幹些什麼？」

「跟博物館那邊談一下合作周邊產品的細節，如果各方面都沒問題的話，吳瀾會讓他們公司的團隊幫忙拍攝一組宣傳照，到時候可能需要妳幫忙盯著，我還得去見幾家電商負責人。」

「說什麼我想去的話就陪我去，你只是去工作啊！」

「廢話。」薛齊睨了她一眼，「誰會跑去博物館約會？」

「這是重點嗎？」

施易忍不住吐槽：「妳說的也不是重點吧。」

「那、那什麼……」封趣有些尷尬地清了清嗓子，頗為生硬地把話題拉回了真正的重點上，

「我們跟博物館有合作？」

「嗯。」薛齊點了點頭。

「什麼合作？我看你給我的那個企畫上沒寫啊。」

還沒等薛齊回答，施易開口道：「你們怎麼一下飛機就談工作？煩不煩！」

「不是你說讓我聊重點的嗎？」封趣一臉無辜地看向他。

「重點是晚上吃什麼啊！」

還真是個重點！

前往停車場的途中，施易的好奇心仍在氾濫，他好不容易才把薛齊拉到身旁，故意放慢了腳步，和吳瀾、封趣拉開了距離，輕聲問：「她脖子上的那個真的是你幹的？」

「有意見？」薛齊不答反問。

「我能有什麼意見，只不過……」施易皺了皺眉，總覺得哪裡不太對勁，「你這性格沒把握是不可能出手的，一旦出手，就不可能只是在她的脖子上烙個印那麼簡單，還是說其實你已經吃乾抹淨了？」

「不該你操心的別操心。」

「怎麼說話呢！什麼叫不該我操心的，那我該操心啥？」

「蕭湛那邊最近可能會有動作，你幫我盯著增滿堂。」

「還用你說？我一直都在盯著呢。」

「所以你是真的把封趣吃乾抹淨了？」

「嗯。」

結果他們在飯店的中餐廳草草解決了晚餐。因為前一晚沒睡好，封趣和薛齊都不想走太遠，要不是施易有著莫名的東道主精神非得為他們安排個接風宴，他們恨不得直接叫客房送餐服務。

吃完晚飯後八點多，封趣洗了個澡就睡了，睡了整整十二個小時，一直到隔天早上九點多她才醒來。

她在床上賴了一會兒，打開微信看了一眼群組。這個群組是施易昨晚建的，裡面只有他們四個人，群組名叫「我們都不愛說話分舵」。

高中的時候，封趣曾經建過一個只有他們四個人的匿名QQ群組，名字叫「今天的作業完成了嗎」，顧名思義，是為了互相督促共勉用的。她把薛齊拉進群組裡的時候，薛齊說過這種群組通常會淪為不務正業的聊天群組，結果，一語成讖。多虧了有薛齊，他平常基本上不說話，也不關心群組裡除了封趣的其他人是誰，只是每次當他們聊得正開心時，他就突然冒出來丟下一句「封趣，今天的作業完成了嗎」。漸漸地，群組裡的其他人都不敢說話了，這個群組也越來越安靜。再後來，封趣索性直接把群組名改成了「我們都不愛說話」。

這個群組至今都還靜靜地躺在封趣已經很久沒有登入過的QQ裡，吳瀾和她疏離後，那就變成了一個死群，從此真的再也沒有人說話了。

如今這種物非人是的感覺讓封趣頗為唏噓，要有多好的運氣才能在分開十多年後又重聚？當然，他們還是都不愛說話。

封趣正打算在群組裡問一下有沒有人要一起吃早餐，也算是打破一片空白的聊天記錄。她剛點開鍵盤，還來不及打字，打破空白聊天記錄的想法就被施易先落實了。

他突然在群組裡傳了一張圖，是蕭湛的朋友圈截圖，圖片上依稀可以看到是增滿堂的新品宣傳，六分鐘前發的，但因為是截圖，看不到具體內容。

封趣困惑地皺了皺眉頭，特意找到了蕭湛的微信，點到他的朋友圈裡查看，發現並沒有這條動態。他似乎是封鎖了她，她突然有種不祥的預感。

像增滿堂這種歷史悠久的大公司是很少推出新品的，上次的新品還是為中國市場特意打造的「小紅刷」，從提案到前期宣傳整整耗費了一年多，大大小小的會議開了無數次，設計稿打槍了無數版。可她離開增滿堂才一個多月，直到她走的時候都沒有聽說公司有推出新品的計畫，怎麼突然就開始宣傳了？

這讓她忍不住產生了一些不好的聯想，她一邊不斷地告訴自己別想太多，一邊在群組裡回了句：『我看不到，他把我封鎖了……』

誰也沒說話，片刻後，施易直接把蕭湛發出來的那張新品宣傳圖傳到了群組裡。

她深吸了一口氣才點開，雖然多多少少有一定的心理準備了，但映入眼簾的畫面還是讓她猛地一震。

果然，是剔紅工藝！概念圖明顯是找了專業人士重新做了視覺設計，更正式也更精緻了，但無論是工藝還是外形，都和三端正在籌備的新品一模一樣！

漆器工藝有很多種，蕭湛和崔念念竟然不約而同地選擇了剔紅工藝，那要多巧？

顯然，這種巧合是不可能存在的，她想到了薛齊傳給她的那份企畫……

想著這裡，她迅速翻身下床，連睡衣都顧不得換，直衝向薛齊的房間。

當然，也顧不了他到底醒了沒有，她焦急地狂按門鈴。

她只等了片刻房門就開了，迎接她的並不是睡眼惺忪的薛齊，他看起來很有精神，白襯衫、西裝褲，連鞋子都已經穿好了。

看來他早就醒了。也是，增滿堂的新品宣傳一出，公司那邊應該就會有人聯繫他。

見到她後，他臉上沒有絲毫意外之色，他只是指了指手機，然後把房門開到最大，示意她先進來，等他打完電話再聊。

封趣硬著頭皮跨進房間。他住的是套房，有個很大的客廳，臥室的門關著，並沒有什麼需要避嫌的，可她還是直挺挺地站在玄關處不敢再往裡面走，眉宇間彌漫著緊張和無措。

也不知道電話那頭的人說了什麼，薛齊只是時不時地「嗯」幾聲。

很快他就結束了這通電話，然後放下手機，抬眸朝她看過來，眉頭微微蹙起：「妳這是什麼打扮？」

「我……」她低頭看了一眼自己那身睡衣，好在款式是比較保守的，但她還是有些窘迫。她扯了扯衣角，尷尬地道：「我看到施易傳的訊息就過來了，來不及換衣服……」

「他傳什麼了？」顯然薛齊並沒有留意那個群組，被封趣說了之後才點開看了一下。

封趣不敢說話，緊張地看著他的眉頭越皺越緊。

沒多久後，他若無其事地收起手機，閒話家常般問了一句：「他把妳封鎖了？」

「嗯。」她點了點頭，急切地掏出手機，「你要是不信，我可以給你看。」

「妳的手機密碼是多少？」他突然問。

「啊？」封趣微微一愣，「為、為什麼突然問這個？」

「純屬好奇。」

「166915……」

「果然，」他嘴角若有似無地上翹，「跟我家密碼一樣呢。」

「這很正常吧，本來就是你先用又逼我也一起用的，我也只是用習慣了，懶得換而已。」封趣悶聲咕噥道，末了特意解釋了一句，連她自己都覺得透著欲蓋彌彰的味道。

這是他們的名字筆劃數。國中時，有一陣子特別流行用名字筆畫算兩個人的緣分的小遊戲。具體計算方式封趣已經想不起來了，只記得最後會畫出一個像倒金字塔一樣的圖，得出一個單數，然後再對照最終結果，從0到9有著不同的含義。

那時候，封趣的同桌用封趣和薛齊的名字算過。

至今她還記得那個單數是4，大意是說他們會時不時地互相拌嘴挖苦，又都有比較強烈的自我意識，所以容易忽略對方的感受，也沒辦法給予對方尊重，即使能在一起也未必會有好的結果。

後來，那張紙被薛齊看到了，他無論如何都不相信那是她同桌的無聊之舉，認定了那是她幹的，一邊笑她幼稚，一邊卻又用起了「166915」這個密碼，還要求她一起用，美其名曰這比用生日當密碼好多了，一般人猜不到。

用習慣了是事實，但之所以懶得改是因為她從未想過要把過去切割乾淨，甚至是懷念的。

「把手機收起來吧。」

薛齊的聲音再次傳來，打斷了她的思緒。

她回過神，有些迷茫地看著他。

「我相信這件事跟妳無關。」

這句話讓封趣重燃了希望，她眼眸一亮：「所以這真的只是巧合？」

「巧合？」他笑出了聲，「這句話連妳自己都說服不了吧？」

「可、可你不是說你相信這件事跟我無關嗎？」

「跟妳無關，但不代表跟蕭湛無關。」

「你是不是知道些什麼？」一定是，她總感覺薛齊說這句話的語氣比之前篤定很多，封趣輕蹙著眉頭，繼續說道，「我不知道你現在避重就輕的出發點是什麼，如果說你懷疑我，那起碼得讓我知道你究竟是憑什麼判了我的刑；如果說你只是不希望我難過，以為我什麼都不知道的話反而能活得更開心，那我告訴你，我寧可吃一塹長一智，也不要被別人賣了還在替人數錢。」

他默默凝視了她好一陣子才緩緩啟唇：「那天去妳家前我打過電話給妳，是蕭湛接的。」

「這麼重要的事你怎麼不跟我說？」

「不然妳以為我為什麼會突然跑去妳家？」

「不是來找我一起出差的嗎？」

薛齊撇了撇嘴，神色有些不自在：「我打那通電話給妳，只是想跟妳說一聲我明天要出差，要妳有空來我家幫忙餵一下魚。」

封趣迅速捕捉到了重點：「你本來沒打算帶我一起出差？」

「嗯。」他點了點頭。

「那怎麼又突然改變主意了？」

「把妳一個人留在那裡我不放心。」

封趣好笑地道：「有什麼不放心的，我都這麼大了……」

「我怕他會再去找妳。」薛齊打斷了她的話。

「應該是不會再來了……」她垂下了眼簾，如果增滿堂的新品真的跟蕭湛有關，那他就是打算徹底跟她撕破臉了，往後他們之間就只有敵對關係，再見面恐怕也是狹路相逢。想到這裡，她追問道，「你們在電話裡聊了些什麼？」

「沒什麼。」關於蕭湛那番毫無意義但也確實讓他亂了方寸的叫囂，他並不想提及，於是只挑揀重點道，「我以為是妳接的電話，所以說了家裡的密碼。」

封趣想起了他剛才突然問她手機密碼的事，忍不住倒抽了口涼氣：「你是覺得他會抱著試一試的心態，用你家的密碼來解鎖我的手機？」

「除此之外，我想不到其他可能性。」

「可這只是你的猜測……」她仍然心存僥倖，不願相信蕭湛會做出這種事。

「我給妳的那份企畫並不是最終版。」

「啊？」

「考慮到種種因素，我們最終使用的是天水雕漆，不是剔紅。」

「你的意思是，其他人手裡的企畫都是天水雕漆，所以增滿堂的新品就只能是從我這裡流出去的，是嗎？」

「嗯。」

一陣涼意襲上封趣的心頭：「也就是說，你一直都在防著我？」

「我防的不是你，是蕭湛。」

「說得可真好聽。」封趣哼出一記冷笑，「他在三端唯一認識的人就只有我，你防著他，不就是防著我嗎？」

「那妳覺得我應該怎麼做？不管妳想要什麼我都得毫無保留地奉上？哪怕是賭上三端的未來嗎？」

「你沒必要把話說到這裡分上，我從未想過要向你索取什麼，即使當初向你要這份企畫，也是為了更好地完成工作。你防著我，我完全可以理解，我確實也沒做過什麼值得你無條件相信的事。我不能理解的是，既然懷疑我，為什麼還要我來三端？」

他耐著性子強調：「我說了，我防的人不是妳。」

「有什麼區別嗎？是我主動把企畫給蕭湛的也好，他利用我的信任、不問自取也好，歸根究底還不是從我這裡獲取的嗎？我喜歡蕭湛，沒那麼容易跟他切割乾淨，會在你和他之間進退兩難，這些你從一開始就知道，今天這種情況你也早就想到了吧？為什麼不從根源避免呢？如果我不在三端，這種事就絕不可能發生，不是嗎？」

他微張著唇，欲言又止。

「還是說，這也是你計畫好的？你們之所以會淘汰剔紅，一定是因為它有弊端吧？而我存在的意義就是幫你把這份有瑕疵的企畫給蕭湛？」

他的臉色驀地一沉：「妳就是這樣想我的？」

「你以為我想要這樣想嗎？誰會想方設法地去證明自己從頭到尾都在被人利用？那你倒是給我個理由啊！」

「如果我給不出理由呢？」

「那我就只能那樣想了。」哪怕是撒謊也好，比如說欣賞她的職業素養、贊同她的工作理念、想要她的製筆技藝，總之只要是個理由，不管有多扯，她都願意相信，他卻連編都懶得編。

「然後呢？」

「然後什麼？」封趣不解地看著他。

薛齊嗤笑了一聲，問：「就當作我是在利用妳吧，妳打算怎麼做？」

她被問傻了。

「辭職嗎？」

「你放心，我捅的婁子，我一定會收拾乾淨了再走。」

「嗯，妳的確是捅了個很大的婁子，怕要收拾一輩子了。」

她蹙起眉心：「什麼意思？」

「不明白嗎？那我直說好了。」他輕輕笑了一聲，直直地看著她道，「放妳走是不可能的，這輩子都不可能。」

「你……」

「我找了整整七年，好不容易才找回來的人，怎麼可能再放手？」他沉了沉氣，繼續道，「這七年裡，我一直在想妳為什麼會去增滿堂。他們說妳趨炎附勢、唯利是圖，可我知道妳不是，我寧願相信妳做出這個決定是為了替我守住三端，所以我告訴自己，無論如何都要把三端拿回來。

妳真的以為我沒想過會輸嗎？我想過，想過也許這次收購會失敗，想過即使把三端拿回來了也未必還能重整，我甚至很清楚最穩妥的辦法是用那些資金重新打造一個品牌，但我不能這麼做，我得把妳接回來。當然，說好聽點是接妳回來，說得難聽點……如果妳想走，我有無數種方法逼妳回來。」

這是親情！這是親情！這只是親情！

封趣反覆在心裡告誡著自己不要過分解讀他的這番話，於他而言，她或許就是家人，一家人就是要在一起的，沒毛病。

她抿了抿唇：「我、我也沒說要走，只是、只是你既然不相信我，還留著我做什麼呢？」

「不做什麼，就想對妳好，好到讓妳無路可退的那種。」

這是親情？她怎麼看都不像！

「你……」該不會是喜歡我吧？

哪怕這句話問出來可能會被嘲笑，她還是想問清楚。

然而，她才啟唇，門鈴就響了。

薛齊像對門鈴聲充耳不聞，依舊目不轉睛地看著她，似乎在等她把話說下去。

封趣猶豫了一下，原本是想要繼續的，但是門鈴聲越來越急促，這種情況根本就不適合聊下去。她吐出一口氣，放棄了：「你還是先去開門吧。」

他也沒有堅持，「嗯」了一聲，朝門口走去。

率先走進來的是施易，見到封趣也在，他並沒有表現得太過驚訝，只是揚了揚眉，嘲諷道：「喲，來負荊請罪啊？」

「談不上請罪，畢竟我也沒做錯什麼，只是來找薛齊問一下情況而已。」封趣回得不卑不亢。

單就這件事而言，不確認清楚電話那頭到底是誰就報出家裡密碼的人是薛齊，根據那個密碼解鎖她的手機，並且偷看了她的聊天記錄的人是蕭湛，她何罪之有？從她決定來三端之後，她就再也沒有跟蕭湛私下見過面，甚至可以說是毫無聯繫，她已經盡了最大努力避免此類事件發生了。

「妳不是喜歡蕭湛嗎？甩鍋給他的時候倒是一點也不含糊……」

還沒等施易說完，緊跟在他身後的吳瀾就揚起手，狠狠地朝著他的後腦勺拍去：「就你話最多。」

「妳幹嘛？」施易摸著後腦勺，委屈地看著她，「很痛耶！」

「痛就少說一點話。」吳瀾沒好氣地白了他一眼，轉身看向封趣，將手裡的咖啡和麵包遞給她，「我幫妳打包了早飯。」

「謝謝。」封趣無措地伸手接過。

坦白說，她現在有些拿捏不好和吳瀾之間的關係。施易的老婆？薛齊的朋友？不管怎麼說，這中間都隔了一層，可偏偏她們曾經是無話不談的朋友。

顯然吳瀾也感覺到了她的不自在，對她微微笑了一下，道：「要謝就謝薛齊吧，是他要我幫妳帶的。」

封趣略覺驚訝地「咦」了一聲，轉頭朝薛齊看去。

「看我幹什麼？快點吃。」薛齊啟唇道。

「你不吃嗎？」她問。手裡的那個紙袋子有點分量，應該是兩人份的食物。

「我吃過了，妳吃吧。」

「這樣啊……」封趣想了想，道，「那我回房吃吧，你們聊。」

薛齊叫住她：「回什麼房？不用工作了？」

封趣的腳步頓住，她就是猜到他們接下來可能要聊工作，所以才決定回房的。發生這種事，她怎麼樣也得避一下嫌吧？可是薛齊看起來並不是這麼想的。

她轉過身，問：「你確定還要我繼續參與？」

「我剛才說得還不夠清楚嗎？那我就再說一遍好了……」

「不、不用，很清楚了……」她連忙阻止，尷尬地瞥了一眼旁邊的吳瀾和施易。

先不管薛齊剛才那番話到底有沒有她所想的那種意思，但聽起來很曖昧，她並不想讓他當著吳瀾和施易的面重複一次。於是，她決定暫時先妥協，「你要我做什麼？」

「坐下，把早飯吃了。」

「呃……」

「不吃飯，哪來的力氣幹活？」

這個理由成功說服了封趣，她不客氣地走到客廳的沙發旁坐了下來，悠然自得地喝了口咖啡。打開吳瀾剛才給她的那個紙袋子，裡頭有六七個牛角麵包。

看起來，薛齊不只讓吳瀾替她打包了早餐，甚至連要打包什麼都交代得很清楚，她從小就愛吃牛角麵包。

薛齊舉步走到她身旁，坐了下來，拿起她的咖啡喝了一口。

「噯……」她試圖阻止，可是已經晚了，杯口已經貼上了他的唇。

「怎麼了？」他若無其事地問。

「算了，沒什麼……」

他點了點頭，挪開目光，自顧自地跟吳瀾聊了起來：「妳團隊裡有做平面設計的人嗎？」

「你要做什麼？」吳瀾在他們旁邊的單人沙發上坐了下來，詢問道。

「宣傳海報。」

「這恐怕沒有，簡單的照片後製倒是可以幫你搞定。」

施易插嘴道：「宣傳海報不急吧？回去之後再找人做吧。」

薛齊沒說話，只是默默看著一旁的封趣，嘴角緩緩上翹。

見狀，施易不解地順著他的目光看了過去，封趣也沒做什麼奇怪的事，不過就是喝著咖啡啃著麵包。

正當施易想要詢問薛齊到底在笑什麼的時候，薛齊已經把目光拉了回來，繼續道：「既然增滿堂那邊已經開始宣傳了，我們也得儘快開始，最好是明天就能推出海報。剔紅和天水雕漆還是比較相似的，消費者畢竟不是漆器專業人士，未必懂那麼多，所以拖得越久對我們越不利。」

「明天？」施易一驚一乍地嚷嚷道，「開什麼玩笑？就算臨時能找到人做，也不可能那麼快啊。」

「那個……」封趣輕聲道，「我或許可以做。」

薛齊朝著她看去：「那就交給妳。」

「啊？」施易呆呆地眨著眼睛，不敢相信凡事謹慎的薛齊會瞬間做出這種草率的決定，「這就交給她了？你也不確定一下她做的東西可不可以？」

「她沒那個本事是不會攬這個工作的。」

「嗯，我會儘量做好，更何況我們現在不是也沒有其他選擇嗎？」封趣回道。

薛齊無疑是了解她的。她曾經有系統地學過設計，做市場行銷的人，這也算是業務能力的一部分，所以實踐經驗也不算少，但她仍不敢誇下海口，很保險地為自己留了一些餘地。畢竟設計這種事情關乎個人審美，很難定論是好是壞。

「那就辛苦你一下了，我會儘快把照片傳過來，明天早上宣傳海報能在各大平臺上線嗎？」

「應該可以，只不過……」封趣皺了皺眉道，「你至少得先告訴我天水雕漆是什麼。」

縱然她跟那些平臺的關係再好，人家也不可能推開所有工作來幫她寫宣傳文案，所以最好的方法是她自己寫，直接把宣傳稿和海報之類的給對方，應該來得及明天上線。可她對天水雕漆完全沒有概念，要怎麼寫？

「不是吧？妳居然連天水雕漆都不知道？」施易驚訝地嚷道。

「你知道？」封趣也有些詫異，人不可貌相啊！

施易得意地撇了撇嘴：「我怎麼可能知道。」

那你吵什麼吵？還一副是人都應該知道那項工藝的口氣！

「我不知道情有可原啊，可是妳那位男神不是做漆器的嗎？妳對他所從事的領域一點了解都沒有，這說得過去嗎？」施易明顯話中有話。

其實淩晨的時候他們就已經事先收到了風聲，也知道了增滿堂即將宣傳新品，當時他的第一反應是去把封趣揪起來問清楚。當然，被薛齊和吳瀾攔住了。

他最好的朋友、最愛的人都無條件地相信封趣，他能怎麼辦？他也只能選擇相信了，但這不妨礙他小小地使壞吧？更重要的是，他想試探一下薛齊的反應。

薛齊果然抬眸瞪了他一眼：「她了解製筆就夠了。」

聞言，施易挑了挑眉，揶揄道：「言下之意，她了解你就夠了吧。」

「嗯。」

薛齊只不過是輕輕地「嗯」了一聲，就讓整個房間陷入了死一般的寂靜。

誰也沒說話，施易顯然沒想到薛齊會這麼不加掩飾，吳瀾則忙著觀察封趣的反應，而封趣的臉很紅……

片刻後，薛齊若無其事地看向封趣，打破了沉默：「我也很難跟妳解釋清楚，等等我讓崔念傳一些有用的資料給妳，這方面她更專業一些。」

封趣回過神，支支吾吾地問：「崔、崔小姐是不是很生氣？」

「沒事，妳不用在意她。」薛齊給了個避重就輕的答案。

顯然，崔念念應該氣得不輕，可既然薛齊都這麼說了，封趣還能說什麼？確實，她不管是去解釋也好，請罪也好，只可能適得其反，讓薛齊去處理會更好。

這麼想著，她也就沒多說什麼，只輕輕地「喔」了一聲。

薛齊默默地看了她一會兒，欲言又止，片刻後，他突然轉眸對著施易道：「你們先去樓下等我，我馬上就來。」

「你要幹嘛？」施易緊張起來。

「換衣服。」

「你不是已經換好了嗎？」施易由上至下審視了他一番，已經堪稱道貌岸然、衣冠禽獸了，這藉口找得實在是太不用心了！

薛齊絲毫沒有被拆穿後的慌亂，若無其事地回道：「這套不好看。」

「你……」

施易還想發難，話音剛開頭就被吳灡打住：「叫你走就走，哪那麼多話。」

「我……」他不屈不撓地抗爭著。

當然了，這種抗爭毫無意義，轉眼間他就被吳灡拖了出去。

他們前腳剛走，封趣後腳也跟著站了起來。

「妳幹什麼？」薛齊微微仰著頭，不解地瞪著她。

「回房工作啊。」

「在這裡做不就好了？」他找了一個冠冕堂皇的理由，「回來說不定還有其他事要找妳討論，我懶得再去妳的房間找妳了，況且這間房比較大，適合開會。」

「也對。」她點了點頭，「那我需不需要先回避一下？你不是要換衣服嗎？」

「我穿什麼都帥，有什麼好換的。」

封趣後知後覺地反應過來了：「你是故意支開施易他們的？是有什麼話想跟我說嗎？」

「有。」他頓了頓，神情有些糾結，「不過太多了，一時半刻說不完。」

「那就等你回來再說吧。」

「妳會等我回來？」

她沒多想，好笑地道：「你不是還有其他事情要跟我討論嗎？我當然要等你啊。」

「我是說，不管發生什麼事，就算他突然聯繫妳了，妳也要等我回來，知道了嗎？」

「幹嘛？你怕我衝回去砍他嗎？」

「我怕妳衝回去投懷送抱。」

「放心吧，我會以大局為重的。」她沒有把話說得太絕對，確實不排除這種可能性，但這種可能性微乎其微。

薛齊沒有再說話，但看起來也不像是對她這個回答不滿意的樣子，倒不如說他好像很滿意，嘴角有著明顯的上揚弧度，笑得格外好看。

這個笑容讓封趣覺得有點毛骨悚然：「你……你笑什麼？」

「四捨五入，妳的大局不就是我嗎？」

四捨五入不是這麼玩的！

但是，這句話沒毛病啊，她目前的大局是三端，而三端是他的，等量代換的話，他的確就是她的大局啊！

完了，她被牽著鼻子走了，等量代換也不是這麼玩的！

第七章　對不起，打擾了

如果三端又一次遭遇經營不善的話，封趣誠心建議薛齊別掙扎了，他可以去天橋上擺個攤幫人算命。

這個烏鴉嘴，竟然一語成讖了！

就在他離開後不久，封趣收到了一條訊息，蕭湛傳來的，很簡短的一句話——『對不起』。

這三個字格外冰冷、格外生硬，甚至連標點符號都懶得打。

當時的她剛聯繫完一家自媒體，死纏爛打，總算讓對方答應幫她安排三端的新品宣傳，對方說待會兒會把版式規格傳給她，方便她撰寫新聞稿。於是，點開微信的時候她沒有多想，一切來得那麼猝不及防。

愣怔了好一會兒後，她回過神來，撥通了蕭湛的語音電話。

鈴聲響了很久，終於，他接通了。

「是你幹的嗎？」封趣劈頭蓋臉地質問道。

她發現自己的聲音在顫抖。

距離她話音落下到他給出回答，前後只有一兩秒鐘而已，可對她來說像是一個世紀，她屏息靜氣地等待著，等來的卻是……

他若有似無地『嗯』了一聲，語氣一如既往地慵懶，聽不出絲毫愧疚的成分。

其實已經沒有繼續說下去的必要了，可她還是不死心：「所以，你是看了我的手機嗎？」

『是啊，看了。』

這份坦蕩讓她徹底失控：「我以為你起碼還有一個手工匠人的堅持，剽竊別人的作品，你不會覺得良心不安嗎？」

『當初薛齊收購三端的時候不也是從妳那裡拿的資料嗎？他有覺得良心不安嗎？妳這麼義正詞嚴地指責過他嗎？我不過就是以其人之道還治其人之身，有什麼錯嗎？』

「這根本不是同一件事！」

『也對，妳是處心積慮自願給他的，而我是處心積慮從妳那裡偷的，的確不是同一件事。』說著，他嗤笑一聲，『真是不好意思，我太高估自己了，我怎麼能跟薛齊比呢？』

「處心積慮？」封趣倒抽了一口涼氣，艱難地啟唇，「也就是說，那天晚上你就是衝著三端的新品來的，是嗎？」

『事到如今還問這種問題，妳不覺得很蠢嗎？』

她本想盡可能做得漂亮些，就算求不到好聚好散，起碼也求個瀟灑轉身，平靜地說一句：「對不起，打擾了」。

然而，她還是沒能控制住，憤懣得一句話都說不出來。

『我們之間扯平了，妳不必再自欺欺人地假裝喜歡我，我也不必再虛情假意地跟妳玩這種無聊的遊戲，就當作放彼此自由吧……』

砰！

回過神來的時候，她已經用盡全力把手機摔了出去。

封趣已經很久沒有這麼失控過了……確切地說，自她有記憶起，她就一直活得隱忍而自持。寄人籬下的生活讓她明白，她是沒資格任性的，就算是理所應當的憤怒也沒資格發洩，她一直以為自己修煉得很好。

直到這一刻她才明白，她並不是百忍成鋼，而是一直被人悄無聲息地保護著，從未狠狠摔倒過。

就算是她，摔倒了也還是會疼的。

◇

薛齊一直忙到傍晚六點多才完成拍攝工作，剛好是晚飯時間，自然免不了邀請博物館和相關文創公司的人員一起吃飯，一直應酬到晚上九點多才解散，回到飯店時已經快十點半了。

期間，他將攝影師拍攝的那些照片陸陸續續傳給了封趣，聽說她已經跟大部分的媒體聯繫好了，得知他在跟文創公司的人一起吃飯，她還特意發了份新聞稿給他，叮囑他轉交給文創公司。

據說那家公司雖然是博物館外包的，但經營得有聲有色，在微博上也算是個特級ＶＩＰ，號召力很強。

總而言之，整個過程中封趣始終果決理智、思路清晰，辦事效率一如既往地高，以至於薛齊沒有察覺到她有任何不對勁的地方，直到他回到飯店。

房間裡燈火通明，客廳裡一片狼藉，她列印出來的那些資料散亂在各處，吧檯旁還有很多玻璃碎片，看起來不像是一個杯子的殘骸，而是好幾個，這不可能是不小心打碎的。事實上，以封趣的個性，如果是不小心打碎的，她會聯繫飯店談好賠償，然後幫他把那些杯子補齊，處理得好像什麼事都沒發生過，也不可能讓客廳維持這種淩亂狀態，她會收拾得就像客房清潔人員剛打掃過一樣。

像她這種有潔癖的人，是絕不會容許自己在這種環境裡待那麼久的，可她現在竟然若無其事地蜷縮在沙發上。薛齊忍不住蹙起了眉心，腳步放得很輕，小心翼翼地靠近。

她睡得很沉，眉頭緊鎖，臉上似乎有淡淡的淚痕。

「什麼情況，這房間是被搶劫了嗎？」緊隨其後跨入房間的施易被映入眼簾的畫面嚇到了，嚇得嚷嚷起來。

薛齊猛地回頭朝他瞪過去，壓低聲音道：「你能不能小聲點？」

施易默默地摸了摸鼻子，走到他身旁，瞥了一眼沙發上的封趣，也隱隱察覺到了一絲不對勁，輕聲問：「她怎麼啦？」

他自認音調已經細若蚊吶了，但薛齊還是不太滿意，白了他一眼後，彎腰抱起了沙發上的封趣。

看得出他的動作很輕，就像是在對待一個易碎的陶瓷娃娃，整個過程溫柔得讓施易忍不住打了個冷顫。

薛齊徑直朝臥室走去，把封趣安放在了床上，替她蓋上被子。

她完全沒有被這個動靜吵醒，只是迷迷糊糊地翻了個身，調整了一個更舒服的姿勢，夢囈般咕噥了一句：「要以大局為重……」

「妳做得很好了，好好睡吧。」他不禁伸手替她撥開了黏在臉上的頭髮，又俯下身，將細細的淺吻印在了她的眉心。

幾乎同時，他察覺到一道有些鋒利的目光從他背後射來。

這讓他驀然回神，微微僵了一下，等調整好情緒後才轉眸朝臥室門旁看去。

不出所料，施易直挺挺地站在那裡，用一臉「捉姦在床」似的表情瞪著他。

薛齊有些不自在地舔了舔唇，起身朝門外走去，細心地幫封趣帶上了房門，又把施易帶去客廳，確認這個距離應該不會吵醒封趣後，他才啟唇道：「你能不能培養一下敲門的習慣！」

「那大哥你能不能培養一下關門的習慣啊！」施易相當無辜，看見這種場面，他也很尷尬好嗎！

薛齊多少有些理虧，話音軟了些：「我的意思是，你就不能好好在客廳等著嗎？」

「我本來也是這麼打算的！可是我發現了這個……」他把剛才在沙發上撿到的手機遞給薛齊，「這應該是封趣的手機，但是碎得跟蜘蛛網似的螢幕背後彷彿有段耐人尋味的故事，「這是被砸過了吧？不小心摔的話，不可能摔得這麼慘烈吧？還有那些杯子，怎麼看都像是她把手機砸向吧臺，砸碎了那些杯子，然後手機又順勢掉到地上就變成這樣了，你看手機殼裡還有些玻璃碎片呢。」

「你不去做偵探真是可惜了。」

施易翻看著手機嘟囔：「不知道她的密碼是多少，要是能看一下通話記錄或者微信的話，應該就能知道是什麼讓她失控到砸手機了……」

「她要是想說的話自己會說的。」

「那她不是睡著了嗎？想說也得等到睡醒才能說啊。」

「那就等她睡醒。」薛齊邊說邊自顧自地收拾地上的那些資料。

施易緊跟在他身後追問：「你就不好奇嗎？」

「我只擔心，不好奇。」

施易哼出一記有些誇張的冷笑：「既然你都已經把話說到這裡分上了，那不如再直接點吧，喜歡就直接說啊。」

「我會說的，但不是現在。」

有句話怎麼說的來著？表白是吹響勝利的號角，而不是發起進攻的衝鋒號。顯然他現在還不具備勝券在握的條件。

「再不說就來不及了好嗎？說不定人家回去之後就辭職，跟蕭湛雙宿雙飛了，到時候你可別跟我哭啊，我沒空陪你。」

薛齊沒說話，下意識地瞄了一眼他手裡的那部手機。

察覺到他的目光後，施易突然意識到了什麼：「這……該不會是因為蕭湛吧？」

「除了他，還有誰？」

「這麼看來，增滿堂的新品還真的是他幹的了？」只有這樣才能讓封趣氣得砸手機吧？不，不只這樣，那傢伙應該是說了更過分的話。想到這裡，施易忍不住感嘆，「遇上這種情敵，你還真是走了狗屎運啊！」

「謝謝。」

「謝我幹嘛？你得好好謝謝蕭湛啊。」

「閉上你的嘴好嗎？」

「怎樣？嫌刺耳啊？刺耳就對了，忠言一般都逆耳。」施易伸手摟住他的肩，輕拍了兩下，

「這還只是我們的猜測，說不定她是因為興奮激動才不小心砸了手機，畢竟她看起來也不像失戀啊，一般失戀的人不是得買個醉、暴飲暴食之類的？沒見過還能這麼冷靜地工作的。總而言之，女人得靠自己追，不能靠情敵送啊！你想想，就你們家封趣那顏值，就算真的走了一個蕭湛，恐怕還會冒出千千萬萬個蕭湛。情勢那麼緊張，你還不行動，到時候人家會說遇到你這種情敵是走狗屎運了！」

「我睏了。」薛齊擺出一副不想多談的姿態。

施易也沒再多嘴，只是悶悶地咕噥了一句：「那就別收拾了直接去睡啊，明天早上讓飯店清潔員來收拾不就好了。」

「不行，她有潔癖。」

施易決定收回剛才的話，他怎麼會覺得薛齊沒有行動呢？

這世上，有人擅長玩套路，有人撩惹別人信手拈來，也有人只是喜歡著，只想對那個人越來越好。

◇

封趣做了一個非常非常離奇的夢，一個像是失戀的人會做的夢，但又總覺得哪裡不太對勁。

夢裡有隻長得很像雪納瑞的鹿。

是的，沒錯，雪納瑞，蒼白的毛、蒼白的鬍子，可是牠說牠是鹿，是住在她心裡的小鹿。

牠癱在沙發上，叼著菸，姿態分外慵懶，都懶得動一下，說話也是慢悠悠的，怎麼看都是一隻老鹿了！

這一點牠自己也承認了，牠說：「年紀大了，沒力氣在妳心裡亂撞了，況且就妳看上的那些貨色也不值得我撞。」

牠把封趣召喚到牠身旁，語重心長地陪她聊了很久，具體聊了什麼，封趣記不清楚了，她只記得聊得好好的，牠突然精神一振，掐滅了菸蒂，像是瞬間容光煥發一樣，有些激動地看著她道：「就他了！再撞最後一次吧！」

然後，沒有然後了……

封趣醒來的時候就只記得這些片段。

這到底是什麼跟什麼？牠倒是把話說清楚啊，他是誰啊？

她正想著，忽然有張無比熟悉的臉映入了她的眼簾。是薛齊，他笑得燦爛，聲音也很溫柔：「醒了？」

「媽啊！」她嚇了一跳，猛地彈坐起來，頭頂狠狠地磕到了他的唇。

這一下來得有點突然，薛齊完全來不及避讓，痛得往後退了好幾步，緊捂著臉等待那種猛烈的痛感逐漸消退。

「流、流血了。」她有些慌亂。

薛齊用指尖擦了一下唇，確實有淡淡的血跡，但已經不怎麼疼了：「沒事，一會兒就好了。」

她還是不太放心，眉心緊皺著：「是不是應該消個毒，擦點碘酒？」

「嗯，還應該包紮一下。」

「沒人會包紮嘴的吧？」

「也沒人會在嘴上擦碘酒。」

「說、說得也是……」一般來說，嘴上的傷口結痂快，好得也快，應該沒什麼大礙吧？這樣想著，她心裡稍微好過了點。

「頭疼嗎？」他走到床邊，伸手揉了揉她的額頭。

「不疼……」她下意識地扭頭避開。

薛齊略微頓了一下，沒太在意，半開玩笑地道：「妳看到我那麼激動幹什麼？」

不是激動，是驚恐啊！

她正在思考夢裡那隻鹿所說的「就他了」究竟是指誰的時候，他那張臉突然冒出來，她能不驚恐嗎？

當然了，這種事她是肯定不會跟薛齊說的，她義正詞嚴地回道：

「你沒事跑到我房間裡來幹嘛？話說你到底是怎麼進來的？」

「這是我的房間。」

「啊？」她眨著眼睛，環顧著四周。

其實封趣也看不出太大的區別，飯店房間的布置和格局都差不多，但如果仔細看的話……嗯，果然臥室外面連接著客廳，是薛齊的套房沒錯。她有些尷尬地別過頭，不太敢看他。

「我回來的時候妳已經睡了。」想了想，他又補充了一句，「放心，我是在沙發上睡的。」

「幹嘛不叫醒我？」她覺得更有心理負擔了。

「妳看起來很累，想讓妳多睡一下。」

「糟了！」封趣猛地抬起頭，下意識地湊到床頭櫃旁，拿起手機看了眼，「都快十一點了！新品宣傳……」

薛齊打斷了她：「宣傳基本都按時上線了。」

「這樣啊……」突然覺得自己沒了用武之地，她有些失落地垂下眼簾，漫無目的地撥弄著手機，片刻後，她突然意識到了不對勁，困惑地「咦」了一聲。

這不是她的手機！

雖然型號、顏色、手機殼，甚至是裡面的各種APP都一樣，可是螢幕是完好的，她昨天明明把手機螢幕砸碎了。

「他找過妳了？」薛齊突然問。

她震了一下，片刻後才輕輕地「嗯」了一聲，顯然是不想多談。

但薛齊就像是完全看不懂她的回避，繼續追問：「說了什麼？」

「對不起，我現在不太想提起這個人，能不能等我冷靜了再聊？」

薛齊挑了挑眉，沒再逼問，話鋒一轉道：「那妳一個人留下來善後可以嗎？」

「嗯？」她不解地抬眸。

「宣傳反響還不錯，我想趁勢讓另外那兩款化妝刷上架，得趕回去安排一下，剛好崔念念那邊也有一些細節方面的問題要跟我確定。」

封趣當然不敢耽誤正事：「那你趕緊回去吧，這邊我會處理的。」

「嗯，妳原本的房間我退了，行李也幫妳拿過來了，妳就住這裡吧，這房間比較大，方便工作。」

「好。」

「還有……」他瞥了一眼她手裡的那部手機，「我昨晚幫妳把手機備份了一下，這部是新買的，已經把備份都傳過來了，應該不影響使用。」

「呃……」換塊螢幕就好了，沒必要買部新的啊！可是買都買了，他也是一片好心，她只能硬著頭皮道，「麻、麻煩了，多少錢？我之後還給你。」

「不用。」

「那怎麼行，這手機也不便宜……」

「公司福利。」

「我們公司的員工福利什麼時候這麼好了？」

「今天開始的。」

這麼隨意？

他笑著問：「所以妳還要辭職嗎？」

「不辭職了……」現在根本就不是她辭不辭職的問題，而是她要怎麼待下去的問題啊！這的的確確是她闖的禍，嘴上說著會收拾乾淨再走，但其實她根本沒做什麼，防患於未然的是薛齊，力挽狂瀾的人還是薛齊，她不過就是聽命行事罷了。所以，她既沒有臉辭職，也沒有臉若無其事地留下來，她只能給出信誓旦旦的保證，「我決定了，以後我一定會為你當牛做馬！萬死不辭！」

「妳什麼腦回路？我又不是開農場的，要牛要馬幹什麼？」

「呃……我就是打個比方，意思就是不管你要我做什麼我都會做的。」

「是嗎？」他突然伸出手，掌心落在她的後頸上，稍微用力把她拉到了跟前，微微彎腰。

封趣只覺得頰邊一陣軟綿，甚至有些搞不清是被吻了，還是說他的唇只是剛好擦過她的臉頰而已。

在她還沒反應過來的時候，他在她耳邊低喃了一句：「那就以身相許吧。」

驟亂的心跳讓封趣失了神，腦中不斷迴響著：『就他了！再撞最後一次吧！』

薛齊所謂的善後不過是跟博物館那邊確定一下具體的合作模式，當然，免不了請一些供應商吃飯，聯絡一下感情之類的。

封趣很有效率，薛齊剛走，她就約了文創公司的小姐一起喝下午茶，之所以沒有約午餐是因為她還得整理一下薛齊留給她的那些資料。大致內容他都已經跟文創公司談得差不多了，她只要再敲定一下細節部分就好了，整個洽談過程都很順利，雙方聊完正事又寒暄了一會兒，直到四點多才結束。封趣本想順便請對方吃晚飯的，可惜人家有約了。

於是，她把晚飯時間留給了吳瀾他們。

這頓晚餐自然是少不了八卦的，尤其是封趣丟出了那麼一句頗具爆炸性的話之後——

「妳是說，薛齊要妳以身相許？」吳瀾吼得格外大聲，看得出她有多激動。

好在他們叫的是飯店客房服務，這要是在外面吃飯，她這如雷般的吼聲恐怕會引來不少人側目。

相較於她，封趣倒是顯得很平靜，確切地說，她們似乎不在同一個頻道上。

「是不是很好笑？說到底他還是想要我為他當牛做馬，不過就是換了個更好聽、更人性化的說法罷了。」她邊說邊送了口印尼炒飯到嘴裡，嚼得津津有味。

「啊？」這是什麼邏輯？吳瀾冷靜下來，眨了眨眼睛，頗為費解地問，「不是……聽到這種話之後，妳就沒有其他感覺嗎？」

「什麼感覺？」封趣想了想，「喔，說起來，是有點感動的。」

「對吧對吧？」雖然把這股情緒說成感動好像也不太對，但總比封趣剛才那種奇葩的理解方式好一點。

「嗯，不管怎麼說，我還是很感謝他能給我將功補過的機會。」

「不是……」吳瀾有點無言以對了。

封趣瞥了她一眼，戲謔道：「妳怎麼有這麼多『不是』啊？」

因為妳有病啊！妳得了一種「唯獨不把薛齊當男人看」的病啊！

正當她這麼想的時候，封趣卻突然話鋒一轉：「話說回來，薛齊和崔念念這兩個人到底是什麼關係？」

「嗯？」吳瀾眼眸一亮，重新燃起了希望，「妳怎麼突然想問這個？」

「就有點好奇嘛。」

「為什麼好奇崔念念啊？」吳瀾仍舊沒有放棄試探。

「嗯……」封趣支吾了一下，還是決定把自己的懷疑說出口，「我覺得他就是為了崔念念回去的，雖然說了一堆冠冕堂皇的理由，還特意把跟崔念念談什麼產品細節問題說得很隨便，但越是這樣就越是欲蓋彌彰。」

這誤會還真大啊！吳瀾連忙替薛齊解釋：「別亂想，他們只是普通朋友而已。」

「那妳和施易以前不也是普通朋友嗎？」

「哎呀，這不一樣，他們大學時就認識了，這麼多年，要是有什麼早就有了。」

「妳和施易兩人還高中時就認識了呢，都十幾年了，當初不是也沒什麼嘛，但現在連婚都結了。」

吳瀾語塞了，跟一個打翻了醋罈子的女人溝通實在是太累了！

施易也有同感，他很想跟薛齊分享，但又不想看到薛齊太得意，這傢伙每次得意的時候都很欠扁。於是，他偷偷傳了條他自以為兩全其美的訊息給薛齊：

『你們家封趣正在跟我老婆打聽崔念念的事！這小醋罈子還滿可愛的，可惜你看不到，哈哈哈哈哈！』

那邊秒回了一句沒頭沒腦的『別說話』。

他一頭霧水，什麼意思？說什麼？

還沒等施易參透其中的深意，手機就忽然振了起來，薛齊居然傳來視訊通話的請求！這是有多饑渴？

施易嚇了一跳，手機差點沒拿穩，幸好及時穩住了，心虛地瞟了一眼對面的封趣，見她的注意力完全集中在面前那碗印尼炒飯上，他才放心了一些，接通薛齊的視訊。

茶几上有個紙巾盒，用來放手機正合適，剛好能露出鏡頭，又不會太過招搖。

「你幹嘛？」吳瀾察覺到了他的不對勁。

「啊？」施易連忙將目光從手機上挪開，「手機螢幕髒了，我擦一擦……」

「奇奇怪怪的……」吳瀾咕噥了一句，但也沒深究，轉頭繼續安慰起封趣，「我也不知道怎麼跟妳說，總之他們只是朋友而已。」

「這可不一定，有很多人剛開始的確只是普通朋友而已，當朋友的這段期間各談各的戀愛，總是那麼碰巧錯過，終於在某一節點兩個人都空窗了，然後就突然發現原來最適合的人一直就在身邊。」

吳瀾好笑地道：「我怎麼覺得妳更像是在說妳和薛齊啊？」

「我一直都是空窗好嗎？」

考慮到薛齊就在那頭看著，施易不得不幫他說話：「薛齊也一直都是空窗啊，他都單身十幾年了。雖然說他的確是那種擅長等待的人，但崔念念不是啊，那可是個一天到晚嚷嚷著『喜歡一個人太累了，所以我要喜歡十個人』的女中豪傑啊！憑她那種自信又張揚的個性，要是真的喜歡薛齊早出手了。」

「單身十幾年？」封趣一臉活見鬼似的表情。

「差不多吧。」施易刻意補充了一句，「反正你們分開後他就沒談過戀愛。」

「為什麼啊？他出家了？」除了出家，她想不出其他可能性了。

這麼說吧，施易剛才對崔念念的那番評價毫無違和地被封趣套用在了薛齊身上。追薛齊的人不計其數，他不是來者不拒，但也曾理直氣壯地跟她說過「我不是渣男，我只是心懷天下，想讓每個女孩都幸福而已」這種話。

這種人居然會單身十幾年？不是活見鬼是什麼？

「這個怎麼說呢……」因為妳啊！雖然施易很清楚答案，可他更清楚這種話旁人就算說一百遍也沒有說服力。

於是他下意識地瞄了一眼手機，薛齊正靜靜地看著鏡頭，笑得很得意。就跟施易之前想的一樣，這傢伙得意的樣子果然很欠扁。

『半緣修道半緣君。』

突然有個聲音飄來，打斷了施易的思緒，也讓房間裡猛地陷入了靜謐。

封趣幾乎第一時間就聽出了那是薛齊，被電子設備過濾過的聲音。她震了一下，猝然朝紙巾盒的方向看去——聲音就是從那邊傳出來的！

吳瀾也反應過來了，驀地伸出手，挪開了那個紙巾盒。

手機「啪」的一聲倒在了茶几上。

「施易！你居然偷拍！」當見到手機螢幕上的薛齊後，封趣聲嘶力竭地吼道。

這一刻，她有種想要挖個洞鑽進去的衝動。

施易也很憤怒，咬了咬牙，拿起手機瞪著薛齊道：「你不是叫我別說話嗎？你為什麼忽然說話？」

『誰要看你的臉，把手機給她。』

過河拆橋！施易憤憤地把手機丟給了封趣。

封趣有些尷尬，下意識地撥弄了一下頭髮才拿起手機，冒出來的第一個念頭竟然是——早知道她就不要一回飯店就卸妝了。

她現在的樣子一定很醜，想到這裡，她又挪開了手機。

『別躲了，妳怎麼樣都好看。』

「你到底想說什麼？」封趣紅著臉問。

『妳是不是想我了？』

「怎麼可能，我沒事想你幹嘛？」

『可是我想妳了，妳什麼時候回來？』

「不是你讓我留下來善後的嗎？」

『隨便處理一下就好了，快點回來。』

「神經病。」封趣沒好氣地按下了掛斷鍵。

她可是好不容易才找到一個合適的理由來解釋他早上的那句「以身相許」，這下心裡那頭總算安靜下來的老鹿又被撩撥得活蹦亂跳了！年紀大了就不能安分點嗎？

◇

雖然薛齊說了隨便處理一下就好，但封趣還是很認真，整整三天，甚至恨不得一直待在北京。

很顯然，她在逃避，或者說還有一些事情需要釐清。

然而，薛齊沒有那麼好的耐心，第三天一早，封趣就收到了他的訊息——『妳要是今晚不回來，我就過去找妳』。

這個威脅非常有用，封趣立刻訂了機票，並截圖傳給薛齊，順便叮囑了一句：『薛總，記得報銷。』

於是，薛齊下班後便直奔機場，打算跟她當面討論一下報銷事宜。

大概九點半，封趣的身影出現在出口。她出來後的第一件事就是朝著欄杆外的接機人群投去目光，像是在尋找著什麼。很快，她的視線和他撞了個正著，一抹驚喜在她的眉宇間乍現，腳步也不自覺地加快。

等不及由她主動靠近，薛齊已經按捺不住，舉步迎了上去。

「你怎麼來了？」她有些驚訝地問。

「不是說要報銷嗎？」他笑著接過她的行李箱，問，「支付寶轉給妳可以嗎？」

「可以啊。」

他像模像樣地掏出手機，點開支付寶後，突然發現封趣昨天轉了九千多塊人民幣給他，剛才的好心情在這一瞬間消失殆盡。他驀地皺起眉頭，轉眸詢問她：「為什麼要轉這麼多錢給我？」

「手機的錢啊。」

薛齊沉了臉色：「我說了那是公司福利。」

「我想了想，還是覺得這樣不太好，無功不受祿。」

「算了，隨妳吧。」他明白她的自尊心有多強，也知道她不想欠任何人的人情，繼續堅持下去也不會有任何意義，所以他妥協了。當然，這種妥協只是暫時的，總有一天他得讓她知道她是有功的，因為光是收了他這個禍害就已經是件功德無量的事了。

可讓他沒想到的是，就在他舉步準備朝停車場走去時，封趣忽然拉住了他。

「怎麼了？」他不解地問。

她沒說話，埋頭從隨身的包包裡掏出了一個包裝得頗為別致的禮盒：「手機實在太貴重了，不然你送我這個吧？」

「這是什麼？」薛齊一臉困惑。

「項鍊。」封趣打開了那個盒子，「文創公司那邊請我帶給你的禮物，說是他們跟一家珠寶公司聯名推出的系列，18K，純金的！」

薛齊垂眸端詳起盒子裡的項鍊，墜子是如意圖案，裡面嵌著紅瑪瑙。

他伸手取出了項鍊：「轉過去，我幫妳戴上。」

「好。」她幾乎是蹦蹦跳跳地轉過身，很配合地幫忙撩起了那頭長髮。

白皙的脖頸突然映入薛齊的眼簾，他覺得喉頭有些發緊，怔了好一會兒後，才開始幫她戴項鍊，動作顯然有些笨拙。好一會兒後，他才艱澀地啟唇：「好了。」

她興致勃勃地轉過身來，看著他問道：「好看嗎？」

「嗯。」他不禁地點頭。

她笑得很燦爛，甚至主動抓住了他的手臂：「走吧，我晚飯還沒吃呢，飛機餐看起來實在沒胃口，你家還有沒有蟹黃啊？」

薛齊怔怔地看著她的手，修長的指節抓著他的衣服，他彷彿能夠感覺到她指尖的溫度，燙得他心口發癢的溫度。

「怎麼了？」見他沒動靜，封趣好奇地轉身看了過去。

「我突然有點明白傳說中的『磨人小妖精』是什麼意思了。」

「我磨誰了啊？」她紅著臉咕噥。

薛齊笑著撥開她的手，轉而摟住了她的肩，邊領著她往前走，邊半開玩笑地道：「除了我，妳還想磨誰？」

「不過就是想吃你一碗蟹黃麵，不至於吧？」

「別廢話了，走快點。快點，回去下麵給妳吃。」

封趣很想問他到底都存著什麼奇怪的思想，可是直覺告訴她，還是不要知道為好。

◇

封趣也不確定是不是自己想太多了，總感覺從北京回來之後，薛齊的態度就不太一樣了，或者說是從去北京之前他就在循序漸進，不斷地撩她，不斷地試探著她的底線，每每發現還能更進一步後，他就會毫不猶豫地得寸進尺！

而那種撩怎麼看都不像是普通的玩笑，她越來越懷疑這個人是不是喜歡她。

這個問題已經困擾封趣好幾天了，以至於她本來約印好雨是為了談公事的，結果卻忍不住談起了她的困惑。

「這……」在聽完她的懷疑後，印好雨欲言又止，他一直以為封趣情商滿高的，沒想到在這方面遲鈍得令人咂舌。猶豫了一會兒，他才道，「妳直接問薛齊不就好了？」

「我也想問啊，但最近太忙了，忙得連跟他好好說句話的時間都沒有。」

印好雨哼了一聲，語調怪怪地道：「聽說你們推出的那兩款化妝刷銷量不錯啊。」

封趣睨了他一眼：「我怎麼覺得的你語氣有點酸呢？」

「當然酸了！」印好雨憤憤地磨了磨牙，「你是不知道，正源那幫老傢伙現在天天拿著三端的銷售資料來找我的碴，左一句『你看看人家薛齊』，右一句『別人家的後生怎麼就那麼可畏』，煩不煩？妳就說煩不煩吧！薛齊到底想怎麼樣？還給不給我活路了？」

「我怎麼覺得你說這句話的時候，好像滿開心的呢？」

「開心啊，我當然開心了。」印好雨衝著她揚了揚眉，「銷量好又怎麼樣？這不是還得來求我嘛！直說吧，是不是生產線不夠了？」

「嗯。」封趣點了點頭。

「要幾條？」印好雨直截了當地問。

「三四條吧。」

「銷量那麼好啊？」

「這一切多虧了增滿堂，現在大家不是都在說三端抄襲增滿堂嗎？倒是意外收穫了不少關注。」

印好雨沒好氣地撇了撇嘴：「這是意外？我怎麼覺得薛齊根本就是算計好的呢？他非得跟在增滿堂後頭立刻出宣傳，不就是想以其人之道，還治其人之身嗎？」

「是又如何呢？他們偷我們的創意，我們就搭他們的便車，禮尚往來啊。」

「我就不該跟妳吐槽，你們一樣毒。」

封趣笑了笑，問：「那你到底肯不肯出租生產線呢？」

「什麼時候要？」

「年後吧。」

「年後？」印好雨蹙了蹙眉，「我沒記錯的話，你們那個什麼天水什麼漆的化妝刷好像是訂在年後上市，向我要生產線是為了這玩意兒？不是為了現在那兩款刷子嗎？」

「對。」

「那玩意兒不是純手工製作嗎？怎麼量產化？」印好雨不解地問。

「用數控工具機[1]可以實現部分量產化，盡可能地節約人工。」

「我也沒這部機器啊。」

「這部分薛齊會搞定。」

印好雨總算聽懂了：「說白了，你們只是要我的場地嘛。」

「嗯。」

「那為什麼非得是正源？隨便找個快要倒閉的工廠都會很樂意租場地給你們。」

「這款刷子不能再出什麼意外，他只相信你。」

「喲，現在是給我戴高帽子是吧？別以為這樣就能把我糊弄過去啊！人情歸人情，生意歸生意，這件事我有什麼好處嗎？」雖然嘴上這樣說著，但印好雨還是忍不住揚起嘴角，笑得頗為得意。

「這我做不了主。」封趣看了一眼手錶，道，「薛齊應該也快到了，你不如直接跟他談好處吧？」

他拒絕！

印好雨還來不及發洩抵觸的情緒，就被一陣猛烈的拍打玻璃聲打斷。

砰砰砰！

印好雨嚇得顫了一下，本能地往一旁躲了躲，轉眸看了過去。

映入眼簾的是童佳芸那張有些扭曲的臉，她幾乎把整張臉貼在了玻璃上，定了定神後，他忍不住笑出了聲。

這笑容並沒有持續太久，很快他就注意到了童佳芸身旁的薛齊，還有他家那個吃裡扒外的弟弟。林深不太自在地瞥了他一眼，迅速挪開了目光。

「嘿！這小兔崽子！什麼意思啊！不想看到我就別來啊！」印好雨嚷嚷起來。

封趣笑出了聲：「他現在看到你肯定特別不爽。」

「為什麼啊？」印好雨不明就裡地問。

「因為童佳芸啊。」封趣朝童佳芸的方向努了努嘴。

印好雨愣了片刻才反應過來：「這小子看上妳那個小助理了？」

「我覺得是。」

「那關我什麼事？」印好雨一臉呆愣。

「先前他老在童佳芸面前吐槽你，童佳芸又老是幫你說話，他可能就誤會了，後來還悄悄問我童佳芸是不是喜歡你。」

「妳怎麼說的？」

「我哪知道，我又不是童佳芸。」

「妳怎麼就不知道了？我跟她一點也不熟啊！說過的話加起來不超過十句！」

「喜歡一個人本來也不能用熟不熟、說過多少句話來衡量吧？說不定人家對你一見鍾情呢？」

「真、真的假的啊？」

「不知道啊，你直接問她不就好了。」

這臺詞好熟悉！是報復吧？她就是在報復他剛才直接讓她去問薛齊吧？可是，萬一不是呢？

萬一是真的呢？

就在他糾結的當下，薛齊等人走了進來。

封趣身旁的位置自然是要留給薛齊的，童佳芸不敢搶，她便在印好雨身旁的空位坐下來，也省得林深尷尬，看他那副彆扭的樣子，顯然是不樂意坐在他哥身旁的。

然而，她這個舉動在印好雨看來完全就是另一番意思，他轉頭一臉驚恐地瞪著童佳芸。

「印總，你這是怎麼了？」童佳芸一頭霧水。

「沒、沒什麼。」他能說什麼啊？總不能趕她走吧？當著那麼多人的面，人家好歹是個小女生，總得給點面子。

但是，林深顯然不開心了。

「哥……」他不情不願地喚了一聲。

「啊……嗯……」印好雨給出的回應也很不自在。

「你們聊吧，我去坐後面。」

「噯……」不用走啊！拖張椅子來不就好了！

「印總，別理他，你就是太寵他了，看你把他寵的，對自己哥哥一點尊重都沒有。」童佳芸替印好雨打抱不平。

可惜，印好雨並不領情，反而轉頭默默地瞪了她一眼——還不都是因為妳啊！

「什麼情況？」薛齊隱約察覺到了一絲不太對勁的氣氛，輕聲詢問起身旁的封趣。

封趣憋著笑，把菜單遞給了他：「之後再跟你說，你先看看你要吃什麼吧。」

「嗯。」薛齊也沒再多問，打量了一會兒菜單，準備叫服務生點菜。

林深忽然拉了張椅子走過來，什麼話也沒說，默默地在童佳芸身旁坐下來。

見狀，童佳芸沒好氣地白了他一眼：「你坐我旁邊幹嘛？去坐你哥旁邊。」

「我不要，他有狐臭。」

「我怎麼沒聞到？」說著，童佳芸還煞有介事地湊近印好雨聞了聞，把印好雨嚇得直往後仰，她也不在意，自顧自地轉頭對著林深道，「少在那邊亂說話！你哥身上香得跟女人似的！」

「反正我嫌他臭。」

「你有毛病！我還嫌你臭呢！」童佳芸故意把椅子往印好雨身旁挪了幾分。

印好雨欲哭無淚地朝封趣投去求助的目光。

封趣終於憋不住笑出了聲，掩著嘴，輕聲跟薛齊吐槽道：「童佳芸真的是我見過最遲鈍的人了。」

薛齊轉眸瞥了她一眼：「是嗎？那妳可能很久沒照鏡子了吧。」

「哈哈……」印好雨伸出手跟薛齊擊掌，「精闢！」

封趣更怨念了。她一點都不遲鈍好嗎？她只是找不到恰當的機會跟他聊這件事啊！

「說起來……」薛齊收回手，詢問起正事，「你們談得怎麼樣了？」

「喔，印好雨說……」封趣正想把印好雨索討好處的想法說出來，剛開了個頭卻被印好雨迫不及待地打斷了：「談好了，談好了，不就是租場地嘛，小事小事，等過完年我就想辦法幫你把地方空出來。」

林深不屑地道：「沒出息。」

「你怎麼說話呢？你哥這叫深明大義，我們現在的敵人是增滿堂，他當然得幫自己人了。」

「小妹！妳懂我啊！」印好雨有些激動，一時沒忍住道。

從私心上來說，他當然希望三端能夠在薛齊的帶領下重返巔峰，哪怕之後可能會對正源構成威脅，但這種良性競爭對整個行業來說確實不是壞事。

「是不是。」童佳芸對他揚了揚眉。

她這是幹嘛？拋媚眼嗎？印好雨後知後覺地開始反省了，他剛才是不是釋放出了什麼錯誤的信號？

為了補救，也為了回饋封趣的見死不救，他果斷決定把封趣拉來當擋箭牌。

「那個……」印好雨清了清嗓子，看著封趣道，「快過年了，妳今年要不要跟我回去啊？我爹媽老是在念妳。」

「對喔，快過年了呢。」封趣思忖了一會兒，轉頭詢問薛齊，「我們過年要不要去看看印叔叔他們？」

印好雨深深感覺到了什麼叫女大不中留！

「嗯。」薛齊抬眸看向印好雨，問，「老規矩？吃完年夜飯我們去找你？」

「好……」好糟糕啊好糟糕！明明此時他應該要覺得生氣才對，但為什麼竟然有種想哭的感覺？

那句「老規矩」勾起了印好雨太多的回憶。即便在他最討厭薛齊的那幾年裡，薛齊還是會每年吃完年夜飯就拉著封趣，一起帶著一堆煙火跑到他家找他，不管他有多不情願，他們都會不由分說地把他拉出去。

「你要回去吃年夜飯嗎？」封趣看向薛齊，問道。

「不是我，是我們。」

「啊？」

「我媽昨天打電話給我，我跟她提了我們的事，她要我過年務必把妳一起帶回去。」

「什、什麼叫我們的事？我們有什麼事？你怎麼提的啊？」

「還能怎麼提？就是我堅持不懈地找了妳七年，終於把妳找回來了啊！」

這番話聽起來太曖昧，可是封趣又找不到任何紕漏。

「要不要跟我回去吃年夜飯？」他問。

她低著頭，臉頰微紅，默默點了點頭。

一陣靜默後，印好雨率先回過神來，嚷嚷道：「不吃了！這飯還怎麼吃？光吃『狗糧』就已經撐死了！」

童佳芸緊跟著附和：「印總，印總，快報警！這裡有人『虐狗』！」

唯獨林深沒說話，撐著頭默默打量了一會兒印好雨，確定印好雨確實只是在開玩笑，並沒有其他情緒，他才鬆了口氣。看來之前的確是他想太多了，他這個令人擔心的表哥對封趣好像真的沒有別的意思。

等一下，如果他表哥對封趣沒意思，那是不是就可能對童佳芸有意思呢？

這麼一想，他剛鬆掉的那口氣又提了上來。

◇

公司的年夜飯在小年夜之前的那一晚，雖然三端正式重組才幾個月，但因為已經推出的那兩款化妝刷銷量不錯，這個年終聚會更像是慶功宴，氣氛很熱鬧。要不是薛齊找藉口說第二天還要開長途車回家，估計非得被他們按著，不醉不歸。

第二天早上十點多，薛齊出門的時候打了通電話要封趣下樓。

她向來很有時間觀念，但這一次卻讓薛齊等了近十分鐘才見到她提著大包小包，從社區門口走出來。

他連忙解開安全帶，打開車門，迎了上去。

「這都是要給我爸媽的？」他打量了一眼她手裡的那些袋子，隱約能看見裡頭都是些禮盒、菸、酒、護膚品，甚至還有很多他想都想不到的奇奇怪怪的東西。

「對啊，我總不能空著手去吧。」她倒是很自然地拿了幾個袋子給薛齊，完全沒跟他客氣。

他忍不住笑出了聲，調侃道：「我怎麼覺得妳像第一次見公婆的醜媳婦呢？」

「我哪裡醜了？」

「這是重點？」

「什、什麼公婆、什麼媳婦的！才、才不是呢！」經由他的提醒，封趣終於想起了重點。

薛齊並未搭理她，自顧自地道：「妳公婆再三叮囑了，要妳千萬別破費，只要妳回去他們就已經很開心了。」

「都說了不是公婆啊！」

「行行行……」薛齊妥協了，改口道，「妳爸媽說了，妳只要人回去就好。」

這次封趣不知道要怎麼反駁了，她的爸媽都已經不在了，理論上來說，薛叔叔、薛阿姨確實就像她父母一般，對她視如己出。如果這時候她說「才不是我爸媽」這種話，那未免有些傷人。

於是，她也不矯情了，即便明白薛齊的意思也懶得再和他爭論：「話是這麼說沒錯，但也不可能真的什麼都不帶吧，大過年的，哪有空著手回家的道理。」

「是啊，所以我都買好了。」說著，薛齊打開了後車廂。

封趣愣了愣，裡頭的東西倒是不多，也就四五個袋子，但如果再算上她手裡的這些……好像確實有點破費了。

「你買好了怎麼也不跟我說一聲？」封趣埋怨地瞪了他一眼。

「誰知道我們這麼心有靈犀？」

「這不叫心有靈犀，這叫浪費錢……」邊說，封趣邊把手裡的袋子塞進後車箱，順便大致地歸了類，「這些給你爸媽，這些之後給印叔叔他們好了。」

薛齊伸出手掐了掐她的臉頰：「還滿會過日子的嘛。」

「是啊。」她也跟著伸出手回敬薛齊，掐得比他更用力，「要是放任著你鋪張浪費，三端說不定還得再破產一回。」

「放心吧，破不了，我還得養妳呢。」

「誰要你養了？」

「要不要是妳的事，養不養是我的事，我給妳的錢妳也可以存著不花，萬一哪天我死了，妳好歹還有錢……」

啪！

封趣手心一轉，狠狠拍了一下薛齊的嘴：「趕緊給我『呸呸呸』！」

「呸呸呸……」他很聽話。

封趣沒好氣地瞪了他一眼：「有沒有常識？大過年的說這種不吉利的話。」

他笑著道：「妳就這麼怕我死啊？」

「還說？」

「不說了，不說了……」他舉起雙手，瞬間妥協，「陪妳到老還不行嗎？」

「快點上車啦！」她紅著臉頰轉身，一溜小跑到副駕駛座旁，等著他打開車門鎖。

薛齊也沒再逗她，怕逗狠了適得其反。

回家路上有些塞，都是一些準備回家過年的人，正常來說兩個多小時的車程，他們開了四個多小時。

聽說開長途車容易犯睏，於是封趣也不太敢睡，一直拉著薛齊聊天，倒也算是深入了解了一下薛叔叔他們的近況。

原先他們一直住在善璉的老宅，那是湖筆的發源地，很多筆莊的東家都世世代代住在那裡，也包括印好雨他們家。薛叔叔申請破產之後，法院強制拍賣了老宅，為了這件事，薛叔叔自責了很久，畢竟是祖業，誰也不希望敗在自己手裡。後來他們搬去了湖州市，房子是租的，直到薛齊畢業回國前，封趣還是會時不時地偷偷去看看他們。

那次同學聚會之後，封趣和薛齊算是徹底鬧僵了，再加上之後沒多久她就去了日本，漸漸地就和薛叔叔、薛阿姨不再聯繫了。

再後來，欠的錢都還清了，薛齊原本想把他們接來一起住，但他們在湖州住習慣了，不肯走，於是薛齊索性在湖州買了套房子給他們。今年年初的時候，他又輾轉託人把當初善璉的那棟老宅買了回來。

先前印好雨倒是說過薛家老宅似乎又被轉賣了，中秋回去的時候看到在裝修，他們都沒想到是薛齊買下來的。

薛叔叔和薛阿姨原本就計劃好了，要在過年前搬回老宅，因為比起湖州，他們還是喜歡善璉鎮的生活節奏。

封趣也很喜歡這裡，這個小鎮就像是被時光遺忘了一樣，不管什麼時候來都是記憶裡的樣子，斑駁的白牆、長滿苔蘚的青磚、彷彿一年四季都濕漉漉的石板街。小鎮依水而建，有很多座拱橋，橋上總有一些奔跑嬉鬧的孩童，就像他們小時候一樣。

薛家的老宅在鎮上比較靠中間的地方，是一棟典型的江南風格建築。遠遠地，封趣就聞到了一股讓她不禁揚起嘴角的飯菜香味。

薛叔叔正在宅子外頭踱步，一看見他們就笑開了花，轉頭對著宅子裡喊道：「回來了，回來了！」

話音還沒落，他就急匆匆地迎了上來，堆著滿臉的笑容接過封趣手裡的東西。

他比封趣記憶裡的樣子蒼老了很多，頭髮已經全白，臉上的皺紋也明顯多了，清瘦了不少，但整個人看起來還是很有精神。

封趣能感覺到他很激動，雙手微微顫抖著，唇瓣微張了好一會兒，愣是一個字都沒擠出來。

她噙著笑，主動開口：「薛叔叔好，有沒有想我啊？」

「想，想……」他一股勁地點頭，好一會兒才緩過來，抬手狠狠地拍了旁邊的薛齊一下，「你這臭小子真沒用！還以為這回把人帶回來，總該改口叫『爸』了呢。」

薛齊掃了他爸一眼：「別逗她了，她臉皮薄你又不是不知道。」

「她臉皮薄？開什麼玩笑，你護著她也要有個限度，怎麼能睜眼說瞎話呢？當初要不是我攔著，國防部早就拿她的臉皮去研究防彈衣了！」

「薛叔叔，我難得回來一趟你就想把我氣走是吧？」

「妳走看看？不是我吹噓，不管妳走去哪裡，薛齊總能把妳逮回來。」

薛齊點頭附和：「這倒是。」

這對父子沒救了！

封趣本以為畢竟那麼久沒回來了，見到薛叔叔、薛阿姨多少會有些尷尬，然而並沒有。薛叔叔還是老樣子，嬉笑怒罵，不著痕跡地活躍著氣氛。她得承認，跟人打交道這方面，她有一大半是跟薛叔叔學的，有他在的地方，很少會冷場。

至於薛阿姨……值得欣慰的是，歲月對她很仁慈，並沒有在她臉上留下太多的痕跡，可見即便是在薛家最艱難的那幾年裡，薛叔叔仍舊把她保護得很好。她跟封趣記憶裡的樣子差別並不大，眼角雖然多了些細紋，但看起來反倒更溫柔了，臉上始終掛著笑，說話輕聲細語的，當然，做的飯菜一如既往地好吃……

封趣忍不住想要再添一碗飯，還沒等她起身，薛齊接過了她手裡的碗，道：「坐著吧，我來。」

「喔。」封趣猶豫了一下，也不推託，現在廚房的格局她也確實不熟悉。

「多吃點鱔絲，特意為妳做的，還有魚……」薛阿姨則忙著幫封趣夾菜，「儘量別剩下，明天就是大年夜了，得吃新鮮的。」

封趣塞了滿嘴的東西，一股勁地點頭。

「真好啊……」薛阿姨笑著看她，欣慰地感嘆道，「薛齊總算把妳帶回來了。」

封趣愣了愣，把嘴裡的食物咽下後笑著道：「就算他不帶我回來，我也會回來的。倦鳥總要歸巢的嘛，這是我家啊，善璉是我的故鄉啊。」

薛阿姨憋著淚，接連應了幾聲。

「就妳嘴甜。」薛齊屈起手指敲了敲她的頭，將盛好的飯遞給她，重新入座。

「很痛耶！」封趣摸著頭，沒好氣地瞪了他一眼。

「誰叫妳大過年的非得讓我媽哭。」

「你懂什麼？這是幸福的眼淚，配飯吃都是甜的，像喝糖粥一樣。」封趣轉身尋求起薛阿姨的庇護，「是吧？」

「是是是……」被她這麼一說，薛阿姨也不憋著了，任由眼淚溢出眼眶，伸出手指略微擦了擦，笑道，「我就是看你們鬥嘴都覺得開心，好久沒聽見了。妳不在，薛齊就算回來也不怎麼說話，家裡很久都沒這麼熱鬧過了。」

「那我們以後就多回來看看你們，反正離得也不遠。」

「我也只是說說，你們工作忙，正事要緊。」薛阿姨盛了碗湯遞給封趣。

「也不是那麼忙啦，現在三端都已經上軌道了，我們年前做的那兩款化妝刷賣得特別好，我也帶了兩套給您，記得之後一定要試試啊，這可是薛齊的心血呢。他超厲害的，公司裡的同事也都很信任他，有他在，三端肯定會越來越好的。」

「我聽薛齊說，妳又回去幫他了？」薛阿姨問。

「嗯。」

「那就好，那就好……」薛阿姨嘆了口氣，道，「先前薛齊去了美國，妳也走了，我總是想起小時候你們一起製筆時的樣子。你們就跟天作之合似的，就算是我跟薛齊他爸配，恐怕也沒有你們那麼默契。我總覺得妳就是老天爺送給我們家的禮物，以前還想幫你們訂個娃娃親，又怕你們長大了看不對眼，以後會怨我。」

「咳——」正在喝湯的封趣被嗆了個正著。

薛齊漫不經心地丟了一句：「現在也不遲。」

封趣轉過頭，一臉驚悚地瞪著他。

「我認真的，妳考慮考慮。」

他果然是喜歡她的嗎？可是，為什麼他偏偏要當著他爸媽的面說啊？

坦白說，她也不是懵懂無知的小女孩了，在這方面多多少少還是有些感覺的，也確實默默地考慮過如果薛齊真的喜歡她該怎麼辦？

答案是——她還沒準備好。

到了她這個年紀，並不是什麼樣的感情都有勇氣去嘗試的，尤其當對象是薛齊的時候。他對她來說太重要，重要到她不敢僅僅抱著試試看的心態去開始，怕他們最後連朋友都做不成。如果失去的僅僅是一個男人，她相信只要給她一點時間總能緩過來，但薛齊不一樣，他是親人。

這些話她顯然不可能當著他爸媽的面說，明明有很多機會可以私下談這種事的，為什麼非得在這種情況下說？這算什麼啊，逼她就範嗎？

就在她冒出這種想法的同時，薛齊又啟唇對他爸媽道：

「這件事就到此為止吧，我們自己會處理，別再提了。」

「好好，不提，不提了，吃飯……」說著，薛阿姨又幫封趣夾了一筷子菜。

薛叔叔很盡責地扛起了插科打諢的大旗，輕而易舉地沖淡了剛才尷尬的氣氛。

封趣低下頭，默默吃了口飯，對剛才誤會了薛齊有些不好意思，但是不管怎麼說，他們的確需要好好談一下了！

排除薛齊突然告白的那段小插曲，這頓飯的整體氣氛還是其樂融融的。

吃完飯後，薛叔叔就很識相地拉著薛阿姨去散步了，明擺是想給他們兩人機會好好聊一聊。

還沒等她開口，薛齊就搶先道：「我有東西要送妳。」

現在是送她東西的時候嗎？好端端的，他為什麼突然要送她東西？他到底是要送什麼啊？這種氣氛下，該不會是什麼塵封多年的情書之類的吧？

她有一肚子的疑問，然而薛齊在說完這句話後就自顧自地上樓了。無奈之下，封趣也只好跟了上去。

薛家老宅基本上還是她記憶裡的格局，只不過硬體設施更現代化一些。更讓她覺得驚訝的是，她不知道薛齊裝修這棟宅子的時候是怎麼想的，竟然連她的房間都保留了，彷彿料定了她遲早會回來似的。

她定定地站在自己的房間門口，看著裡頭那些跟她離開時幾乎一模一樣的陳設，一時間竟然覺得鼻腔有些泛酸。

「我早說過，我所做的一切只是為了把妳接回來。」

薛齊的聲音從她身後傳來，她轉過頭，怔怔地看著他，不知道該說些什麼才好。

「走吧。」他沒有多停留，自顧自地往前走去。

如果她沒記錯，那個方向原先應該是薛叔叔用來製筆的工作室，當然，她和薛齊也經常用。

他推開房門，熟悉的製筆工作臺映入封趣的眼簾，一旁的櫃子上擺放著很多筆架，上頭都是三端出品的筆。

薛齊看了她一眼，示意她進去，待她跨進屋子後，他徑直走到了櫃子旁，彎下身，從底下的抽屜裡掏出了一個盒子，遞到她面前。

封趣垂眸看了一眼，這是一個漆盒，描金工藝，憑她的眼力看不出來那是泥金還是金粉，總之就是幾朵金色的蘭花。一般來說，是不太可能把情書莊重地放在這種盒子裡的吧？

秉著好奇的心態，她深吸了一口氣，迅速打開了盒子。

裡頭當然不是什麼情書，而是一枝鼠鬚筆，一枝筆管上刻著「封趣、薛齊」的純鼠鬚筆。

這玩意兒的威力遠比情書大一萬倍，炸得封趣毫無招架之力。

她忽然有種預感，她在劫難逃了。

大部分書法愛好者聽過「鼠鬚筆」的傳說，遑論製筆師，它實在是太有名了。

一千多年前的東漢，張芝曾用它一筆書狂草。

群雄割據的三國，鍾繇曾用它塑楷書之骨力。

再後來的東晉，山陰蘭亭，曲水流觴，王羲之用它成就了天下第一行書。

可惜的是，它的製作技藝早已失傳，甚至關於它的原材料也已經不可考。

從字面意思來看，原材料應該是老鼠的鬍鬚，但所有書法家和製筆師都認為老鼠的鬍鬚磨損度太高，是無法單獨成筆的。一部分的人覺得，鼠鬚的「鼠」指的是栗鼠，即黃鼠狼，鼠鬚筆就是上等的狼毫，取冬季黃鼠狼尾端最好的毫毛製作而成；另一部分的人則覺得，鼠鬚筆是兼毫，蘇軾曾有詩云：「太倉失陳紅，狡穴得餘腐。既興丞相嘆，又發廷尉怒。磔肉飼饑貓，分髯雜霜兔。插架刀槊健，落紙龍蛇騖。」可見除了鼠鬚之外，還需摻雜山兔項背上的紫毫。

薛齊的爺爺就屬於後者，或者說是被迫成了後者。

他其實堅信傳說中的鼠鬚筆就是用老鼠鬍鬚製成的，非狼毫，也非兼毫，可是，礙於種種原因，他最終還是敗給了現實。

鼠鬚兼毫是三端筆莊的招牌，卻是薛齊爺爺的退而求其次的作品，沒能重現真正的鼠鬚筆是他的遺憾。

薛叔叔時常會跟薛齊和封趣念叨爺爺的這個遺憾，小時候，他們只當故事來聽。逐漸長大後，他們開始明白，複刻鼠鬚筆對一個製筆師來說意義有多重大。

於是，他們決定嘗試。那一年，他們十四歲，還是初生牛犢不怕虎的年紀，但有些事或許只有年輕氣盛才能辦到。

鼠鬚最大的問題是沒有鋒穎[2]，所以不少業界有名的製筆師一開始就否認了它的可行性。薛齊和封趣選擇了最笨的方法，一根一根地塑鋒穎，梳、刷、磨、削……無所不用其極，直到高中畢業那一年才總算有了些雛形，結頭[3]和裝套[4]的工序是封趣做的，剩下的就是最為關鍵的擇筆[5]了，這是薛齊的強項。

她原本是打算在薛齊十八歲生日的那天，把那枝半成品鼠鬚筆送給他作為禮物的。

可是，那一天發生了點意外。

他父母本來想替他大肆操辦，他卻破天荒地拒絕了，聲稱那天有很重要的事。

讓封趣沒想到的是，生日當天他單獨約了她吃飯，說是有話想跟她說。

他選了一家對當時的封趣來說很高檔的西餐廳，並且還一反常態地沒有嘲笑她。換作平常他一定會笑她連點餐都不會，可是那晚當她看著菜單直皺眉的時候，他已經很體貼地替她點好了，點的還都是她愛吃的東西。

直到享用完餐後甜點，他總算說到了重點：「我下個月要去美國了。」

封趣愣了一下，這就是他想說的話嗎？確實有些出乎意料，她以為自己天天跟他在一起，對他的所有事情都瞭若指掌，但他到底是什麼時候申請的美國大學？她全然不知。

愣怔了片刻後，她強顏歡笑道：「滿好的啊，你爸媽不是一直想要你出國留學嗎？」

「嗯。」他抿了抿唇，陷入了沉默，神情有些不自在，好一會兒才再次開口，「在走之前，有件事我想先確定下來。」

「什麼事？」她心不在焉地問，面前的提拉米蘇好像特別苦，是咖啡加多了吧。

「我……我們……妳能不能……」他支吾了好久，好不容易才鼓起了勇氣，「我喜歡妳。」

就在他終於說出這四個字的時候，封趣的手機鈴聲響了。

嘈雜聲響不只驚動了餐廳裡其他正在用餐的人，也蓋過了薛齊的聲音，她有些尷尬地掏出手機。

「你爸打來的。」掃了眼來電顯示後，她詫異地看向薛齊，薛叔叔很少會打她的電話的。

「看我幹什麼？接啊。」他抓起面前的水杯大口喝著，藉此消除緊張感。

封趣連忙接通電話。

薛叔叔的聲音聽起來很著急：『快來醫院，妳爸突發性腦出血，要做手術，需要妳簽字。』

毫不誇張地說，那一刻她覺得全身的血液都被抽光了，連指尖都是冰涼的，就像是頃刻從天堂跌進了地獄，腦中一片空白。

再後來，她恍惚地跟著薛齊去了醫院，恍惚地坐在手術室外等待，恍惚地看著她爸被推進加護病房。在這期間，她就像一個提線木偶，不知道自己能做什麼，也不知道該做什麼。

醫生說已經盡力了，手術還算成功，但因為出血量太大，患者又有糖尿病，所以家屬得做好心理準備。

她爸在加護病房只撐了三天就走了，後事是薛叔叔、薛阿姨幫忙操持的。因此，她爸的葬禮格外熱鬧，那些人基本上是衝著薛叔叔、薛阿姨的面子來的。

他們當著她的面說：「封師傅是個好人，沒想到走得那麼突然，真是可惜了。」

背地裡卻是另一番說辭：「老封看起來老實，沒想到還真有心機。聽說他那個閨女六歲的時候就被他送去老闆家了。小女孩從小就不是什麼省油的燈，長得水靈、嘴又甜，把老闆和老闆娘哄得服服貼貼的。這下，老封出事，醫藥費、喪葬費全都是老闆自掏腰包的，這還只是表面上的，暗地裡恐怕也沒少在這女孩身上花錢，說不定以後整個三端都是她的。你們剛才看見沒啊？她邊哭還邊想著往薛齊懷裡鑽呢。我看啊，這對父女就是衝著薛家少奶奶的位置去的。」

他們說這些話的時候就在她爸墓地的不遠處，她爸的骨灰甚至還沒入土。

封趣原本想送追悼會謝禮給他們，碰巧聽到了這番話。而她最終還是把謝禮送到了那些人的手上，他們笑著收下謝禮，跟她說「節哀」的表情她這輩子都不會忘記，那是一種虛偽得讓她覺得毛骨悚然的慈祥。

就在那一刻，她做了個決定——她打算放棄讀大學，儘快工作。

就在她爸的墓地前，她向薛叔叔提出了去三端工作的請求。她不要工資，就當作是把醫藥費和喪葬費還給他們，下班之後她可以再去其他地方打工，用不了多久，她應該就能存夠錢，搬出薛家了。她爸已經不在了，她也確實沒理由繼續留在薛家。

這是她經過深思熟慮之後的決定，但在薛齊看來，她只是逞一時之快。

那天晚上，他敲開了她的房門，義正詞嚴地命令她：「就算天塌了，妳也得把大學讀完。」

「我不想讀。」她低著頭，囁嚅著。

「不就是缺錢嘛，我和我爸商量過了，不管是學費還是生活費，他都可以先借給妳……」

「我缺的不是錢，而是可以活得理直氣壯的骨氣。」她突然打斷了薛齊的話，忍著哽咽繼續道，「以前我爸總說，住在別人家嘴要甜、要懂事、要聽話，不能讓別人看不起，我們家雖然不是很有錢，但骨氣還是要有的。我一直照著他說的做，從來沒有想要貪圖你家什麼，可是……那天在醫院，醫生說加護病房一天要幾千塊錢人民幣的時候，我想的是這算不算工傷？你爸是不是應該負擔醫藥費？再後來，醫生宣布我爸死亡的時候，我滿腦子都想著：聽說公司應該給家屬喪葬費……

冷靜下來後，我才發現自己有多可怕，更可怕的是，這就是人性，是每個人與生俱來的惡，一旦覺醒，就算是用盡全力都無法與之抗衡。

我突然明白了為什麼別人會說窮是原罪，原來這句話並不是有錢人的優越感，而是因為真正的窮人根本不可能有骨氣，也不會有自尊，甚至不會自愛，原則會被現實一點一點地打破，底線會被貧賤一點一點地拉低，意志會被貪婪一點一點地磨滅，然後有人去偷、有人去搶、有人去騙、有人出賣自己的身體、有人販賣自己的靈魂，我不想變成那樣……」

「那妳就更應該把大學讀完，就憑妳現在的高中學歷怎麼賺錢？」

「我有手藝啊。」她覺得人生並不是只有一種順序，她靠著手藝，就算沒有三端應該也不難找到工作，等賺了錢，要繼續進修也不是不可以。

但薛齊顯然不這麼想，仰著頭，好笑地道：「妳那些手藝不也是我爸媽給妳的嗎？被我爸媽養又不是什麼丟人的事，他們都養了妳十幾年，還差大學四年？」

這句話對封趣的殺傷力是致命的，她知道薛齊沒有惡意，可也正因為如此她才更加無力還擊。她微張著唇，吞吐了很久，最終只有氣無力地嘆了一句：「算了，說了你也不會懂。」

薛齊擋住她正打算關上的房門：「那就說到我懂為止。」

封趣有些哭笑不得，這一刻她彷彿看到了那個說著「何不食肉糜」的晉惠帝，要怎麼說才能讓他明白什麼是饑荒？這大概就是所謂的階級鴻溝吧，是無法跨越的，她所在意的那些在他看來根本就不值一提。或許有一天在她看來也會變得不值一提，而她要做的就是讓那一天儘快到來。

想到這裡，她重新打開房門，向薛齊輕聲交代：「你等一下。」

說著，她轉身回房，小心翼翼地從梳妝檯的抽屜裡拿出了那枝半成品鼠鬚筆，回到門邊遞給他。

他垂眸看了一眼，眉間閃過一絲驚訝，只是一絲，稍縱即逝，很快他便蹙起眉心，質問道：「妳現在把它給我是什麼意思？想讓我爸推出鼠鬚筆嗎？沒錯，這玩意兒一經問世確實會造成轟動，那又如何？妳以為這樣就能還清我父母對妳的恩情嗎？我告訴妳封趣，想都別想，妳欠我們家的永遠還不清。」

「原來你一直都覺得我欠了你們家嗎？」她嗤笑了一聲，問道。

他語塞了，想解釋卻又不願輕易低頭。

「那這枝筆就當作是我的承諾好了。」她深吸了一口氣，接著道，「雖然我的手藝是你父母教的，但從今往後的每一步都將是我自己走出來的，我一定會越走越好，好到青出於藍勝於藍，好到不會再有人對我的出身評頭論足，好到開心了就笑、傷心了就哭、生氣了就罵，再也不必曲意逢迎。」

「妳這是打算跟我們家畫清界線嗎？」

「不，到了那一天，我就不會再自卑了，就能心安理得地站在你身邊了。」

「妳有毛病是嗎？想站就站唄，我又沒說不讓妳站……」

她無奈地搖了搖頭：「果然不管怎麼說你都不會懂。」

「所以妳說得那麼複雜幹嘛？我不過就是想讓妳好好去讀大學。」

「我也不過就是想讓你別再管我的事。」

他一愣，怔怔地看著她：「妳確定？」

她毫不猶豫地點頭：「確定。」

「好，以後妳是死是活都跟我無關。」

這不過就是薛齊的一句氣話，諸如此類的氣話他以前也不是沒說過，通常過幾天故意讓她跑個腿、找個碴就會消氣了。所以，當他撂完這句話便憤然離開後，封趣也沒有追上去道歉，何況當時她的爸爸剛走，她也實在沒有心情去哄他。

她以為這次也不例外，放著不管自然就好了，以至於她忽略了時機有多重要。

在那之後，他忙著出國事宜，她忙著工作，他們甚至連見面的機會都沒有。

等她回過神來，已經是薛齊離開的時候了，他甚至都沒有告訴她，她還是偶然間從他媽媽那裡聽說的。

那天，封趣請了假，偷偷去了機場。她一直躲在遠處不敢靠近，目送著他進入安檢口。那道背影離她越來越遠，然後消失，去了一個遙遠得她想都不敢想的地方。

這枝鼠鬚筆就像一把鑰匙，開啟了封趣內心深處封藏著的回憶。她記起了那些往事，包括曾被她當作誤會而丟開的那一段。

「你……」她從回憶中回神，驚愕地抬眸，「你當時在餐廳裡說的是『我喜歡妳』嗎？」

薛齊稍微微揚了一下眉：「妳果然聽到了。」

「我以為……」她著急地想要解釋。

她確實是聽到了，但聽得並不清楚，以至於她一直都覺得是自己聽錯了。薛齊怎麼可能喜歡她呢？這是她以前想都不敢想的事啊。

這種事當然不可能找他確認，萬一真的聽錯了那多尷尬？更何況，在那之後她也根本沒有機會確認。

「我明白，對那時候的妳而言，跟我在一起是絕對不可能的事，所以妳寧願相信是自己聽錯了。」

那些她無法解釋清楚的事，他替她說出來了，她還能說什麼？也只能默默地點頭了。

「那現在呢？」他問。

封趣輕聲咕噥了句：「對不起……」

這個答案薛齊倒是絲毫不覺得意外，他很平靜地問：「是還沒準備好嗎？」

「我認為我現在的狀態不適合談戀愛……」她深吸了一口氣，鼓起勇氣抬起頭，直視著他的眼睛道，「我還無法完全忘記蕭湛。」

「我等妳。」

她眉心輕蹙：「你打算等我多久？如果我一輩子都忘不了他呢？如果他哪天又來找我，我控制不住、對他舊情復燃了呢？別傻了好嗎？你根本就沒必要等我，這樣只會讓我壓力更大，甚至會讓人覺得我是在把你當備胎。」

「說得也是。」他不以為意地彎起嘴角，「那就訂個期限吧。」

「這要怎麼訂？」

「妳總得給我個機會吧？試用期都有三個月呢。」

「這怎麼能一樣……」

薛齊自顧自地打斷了她的話：「就三個月好了，三個月之後，妳如果還是沒有辦法忘記他，那我會試著忘記妳。」

別說三個月了，她甚至覺得耽誤他三天都是罪孽。

「我是什麼個性妳知道，如果連試都沒試過，我是不可能死心的。」

她深吸了一口氣：「好，那就三個月。」

他揚起一抹得逞的微笑，這笑容讓封趣覺得自己就好像是掉進了陷阱的獵物！

1 數控工具機：指裝有程序控制系統的自動化工具機。
2 鋒穎：尖端處。
3 結頭：結紮毛筆頭。
4 裝套：將製作好的毛筆頭裝進竹製的筆筒內。
5 擇筆：亦作修筆，將毛梳順後修除多餘、無峰的雜毛。

第八章　我已經裝不下去了

封趣原以為接下來這三個月，她的日子應該不會太好過，以薛齊的人品是不會對她做些什麼，但她總感覺可能需要承受非常大的心理壓力。

結果，並沒有。

在那之後，他就像什麼事都沒發生過，吃完年夜飯就抱著一大堆煙火，拉著她去找印好雨了。

印好雨家前幾年也翻修過一次，不過就是外牆看起來更新了一些，變化不大，尤其現在又是晚上，以至於封趣瞬間有種回到了從前的感覺。吃完年夜飯來找印好雨一起去放煙火，幾乎是他們以前每年的必做例行事項，顯然有這種想法的人不只是她，身旁的薛齊停住腳步，轉頭看了她一眼。

這一眼，讓封趣意識到這世上可能真的有心有靈犀，只憑著單純的眼神交流，她就確定了薛齊正在想著跟她同樣的事情，甚至連接下來想要做的事情都一樣。

「你抱著煙火不方便，我來。」她啟唇道。

他笑著叮囑：「挑大塊一點的。」

封趣點了點頭，一溜煙地跑到一旁的草叢旁，選了好一會兒，挑了塊大小、形狀都很合適的石頭，手一揚，朝著印好雨所住的那間屋子窗戶砸了過去。

「砰」的一聲，無比精准。

他們以前常幹這種事，有段時間印叔叔和薛叔叔鬧得不太愉快，兩邊都下了通牒，不准他們一起玩。於是，他們偷偷溜出來找印好雨的時候總是會像現在這樣，拿石頭砸他的窗戶。

通常來說，大概過一分鐘印好雨房間的燈就會亮，這一次甚至連一分鐘都不到，印好雨就打開了窗戶，衝著樓下吼道：「誰砸的？」

封趣和薛齊非常默契地指向對方。

「你出賣我！」封趣憤憤地瞪著他。

「妳誣衊我！」薛齊不服輸地回道。

「你們兩個多大了？無不無聊？」印好雨的吼聲再次傳來。

「少廢話，快點滾下來！」薛齊沒好氣地對著他嚷道。

「你叫我下去我就下去嗎？我還要不要面子？」雖然嘴上這麼說，但印好雨還是默默關上了窗戶。

沒過多久，印好雨就從面前的那棟屋子裡走了出來，當然，他一現身還是免不了一陣罵罵咧咧。

「行了，你這不是被砸得很享受嗎，臉上的笑容都止不住。」封趣打斷了他的罵聲。

印好雨不情不願地摸了摸頭，終於還是忍不住說實話：「你們別說，好久沒聽到這聲音了，還真的有點想念。」

「變態。」封趣和薛齊異口同聲地道。

「你們就不變態？你們不變態，大過年的會跑來砸我家玻璃窗？難道我們是跟以前一樣沒手機還是怎麼樣？傳訊息不行？打通電話不行？再說了，我爸媽現在看到你們兩個別提有多高興了，你們就不能光明正大地走進來找我嗎？」

「你怎麼這麼囉唆。」封趣嘖了聲，問，「以前我們一起放煙火的那塊空地還在嗎？」

「早就沒了，不過我今天回來的時候順便物色了一下，倒是有個還不錯的地方……」

薛齊打斷了他的話：「那你還說什麼廢話，快點帶路。」

「我就不該跟你們出來，這夫唱婦隨的，欺負人是吧！」

「那行，我們不欺負你了。」薛齊轉頭看向封趣，道，「走吧，回家了。」

「好喔。」封趣格外配合。

「行行行，我錯了，我錯了……」印好雨連忙拉住他們，「這家我是待不下去了，你們是不知道裡頭是什麼陣仗，我爸、我媽、我舅舅、我舅媽、我叔叔、我嬸嬸、我阿姨連袂主演年終必備大戲——催婚。就連我爸媽養的那條狗都跟著瞎湊熱鬧，衝著我狂吠，我要是繼續待下去，我媽都要開始懷疑我性取向是不是有問題了……不對，她已經懷疑了，我今天一回家她就緊張兮兮地問我是不是不喜歡女生……我爸倒是比較正常，覺得我性取向沒問題，但是可能性功能有點問題，拚了命地想幫我補腎……」

印好雨一路絮絮叨叨，還好他說的那塊還不錯的地方離他家並不遠，他只絮叨了十分鐘，他們就到了目的地。

那個地方沿河，封趣記得這裡原先有棟房子，不過他們小時候那棟房子就一直荒廢著，看起來隨時會倒。

按照印好雨的說法，幾個月前，它總算倒了。

廢墟被清理得差不多了，幾乎看不出這裡曾經有過一棟房子，就這樣空出了一大片地。

還是跟從前一樣，印好雨和薛齊負責擺放、點燃那些煙火，封趣只站在一旁看。

回想起來，她很久都沒有看過煙火了，那些大城市都不准放了。

薛齊還是那麼無聊，點了幾個小炮故意往印好雨腳邊丟，印好雨當然也不會客氣，禮尚往來。

他們追來跑去地玩鬧，期間薛齊還抽空塞了一把仙女棒給封趣解悶，其實她並不悶，看著他們久違地打鬧，她覺得還滿開心的。

鬧累了，印好雨又把剩下的煙火擺好、點燃。

薛齊走到封趣身邊，煙火的聲音太響亮，他湊近她的耳邊問：「冷嗎？」

「還、還好……」本是真的有點冷，但他說話時的氣息清晰地撫過她的耳畔，讓她瞬間覺得一陣潮熱。

他「嗯」了聲，還是自顧自地握住她的手，塞進了他的大衣口袋裡。

封趣下意識地掙扎了一下，他就加重掌心的力道。

她放棄了，默不作聲地低下頭，就這麼靜靜地站在他身旁。

「喂……」他突然喚了聲。

「嗯？」封趣不解地抬頭看向他。

還沒等她反應過來，他便側過身，把一個蜻蜓點水般的淺吻落在她的嘴角。

她微微張著唇，透過唇間的霧氣怔怔地看著他。這個吻來得太突然，突然到她根本來不及拒絕就已經結束了，簡直就是完全不給她說「不」的機會啊！

「妳以前不是說，跟喜歡的人在煙火下面接吻一定特別浪漫嗎？」

薛齊的話音傳來，她回過神，語無倫次地道：「什麼喜歡……喜歡什麼啊……什麼啦，我、我又沒說過我喜歡你……」

「說不定以後會喜歡呢，先吻了再說。」

「哪有這樣的啊！再說，剛才那種根本算不上是吻吧……」

「嗯？」他笑意盈盈地看著她，「那重新來過？」

「我不是這個意思……」

「說起來……」突然，印好雨轉頭朝他們看來。

封趣猛地把手從薛齊的口袋裡抽了出來，惹得他不悅地蹙了蹙眉。

極其不自然的動作自然沒逃過印好雨的眼睛，他止住了原本想說的話，用一種如同捉姦在床般的語氣質問道：「你們剛才背著我在幹什麼？」

「她的眼睛進灰了，我幫她吹了一下。」薛齊面不改色地撒著謊。

印好雨狐疑地皺起眉頭，顯然不相信他的話。

生怕他繼續刨根問底，封趣連忙道：「你剛才想說什麼？」

「也沒什麼……」印好雨有些吞吐，「就是今天剛好跟我爸聊到了，隨口問問。」

「所以你到底想問什麼？」這支支吾吾的態度讓薛齊直皺眉。

「你打算什麼時候回來製筆？」

薛齊愣了愣，片刻後才回道：「還不是時候。」

「還不是時候？我覺得沒有比現在更好的時候了。你看啊，你們年前推出的那兩款化妝刷銷量都不錯，客戶群也算有了，之後等那款什麼水什麼漆的化妝刷上市，話題性和關注度也有了，簡直就是回歸製筆業的最佳時機，再晚就要定型了。」

「嗯，我考慮考慮。」

印好雨沒再說話，默默地看了眼一旁的封趣，意思很明確——這傢伙有問題！

是的，薛齊有問題，封趣也意識到了。

儘管他的語氣聽起來很平靜，但她還是察覺到了其中所蘊藏的敷衍和逃避。

直到過了零點，封趣和薛齊才告別了印好雨。

回家的路上，薛齊倒是表現得很平常，就好像什麼事都沒發生過一般。反而是封趣糾結了一路，眼看著他把她送到房門口，說了「晚安」，她終於還是憋不住了：

「進來坐坐，我們聊聊吧。」

他怔了一下，片刻後，不發一語地跨進了她的房間。

封趣的房間不算寬敞，格局還跟從前一樣，衣櫃、書架都擺在同一處。只不過現在都空著，角落裡有張單人沙發，以前薛齊來她的房間找她時通常都坐在那裡，可是這一次，他走到床邊坐了下來。

「過來。」他拍了拍床沿。

她猶豫了一下，還是走了過去，但只是停在他面前，並沒有坐下。

他並未在意，仰起頭看著她，已經猜到了她想聊什麼，也省得她糾結該怎麼問，索性自己直接說了：「我確實還沒準備好，當年回國幫我爸處理破產事宜的時候見識到了太多人性的醜陋。有很長一段時間光是看到筆，我腦海中就會浮現出那一張張落井下石的嘴臉，我甚至一度對整個製筆業都感到厭惡。」

「那都已經是過去的事了……」她實在是不怎麼擅長安慰人，能說的也就只有這些。

「我明白，我也早就不放在心上了，可是我們都知道，製筆是門手藝活，熟能生巧，而我已經放下太久了，我不確定自己是不是還能做到。」

「但你不是說，如果連試都沒試過，你是不會死心的嗎？」

「嗯。」薛齊當然知道這是遲早要面對的事，而他向來不是會逃避的人，「我會試試看。」

封趣安靜地思忖了一會兒，仍舊不知道自己能幫他什麼，乾脆直接問了：「有什麼是我能做的嗎？」

他直勾勾地看著她，道：「讓我抱一會兒吧。」

「你是在趁機占便宜嗎？」

「是啊。」他不由分說地把她拉進了懷裡。

封趣就這樣跌坐在他的腿上，腰被他的雙手緊緊扣著。

然而，她並未在這個擁抱裡品嘗到絲毫情欲的色彩，他更像是個無助的孩子，只是想汲取些許溫暖。

這很要命，精准無比地踩中了她的惻隱之心，她非但不捨得推開他，甚至……她放棄那種毫無意義的天人交戰了，微微轉過身，讓自己面向他，並試著伸出手，遵循著本能去回應他。

「封趣……」他輕輕喚了一聲，打破了沉默。

「嗯？」

「妳會一直陪著我嗎？」

「會。」她想也不想地回道，這顯然不是在哄他，而是她發自肺腑的回答。

落在她腰間的那雙手臂又收緊了幾分，力道讓她回過神來，意識到這個回答充滿了惹人誤會的成分，連忙又補充了一句：「你和你爸媽對我來說就像親人一樣，哪怕我以後跟別人談戀愛了，甚至是結婚了，親人終究是親人，不管什麼時候，只要你有用得到我的地方，我一定會義不容辭。」

他沉默了一會兒，抬起頭看著她，問：「那妳想過妳未來另一半的感受嗎？」

「啊？」她顯然沒反應過來。

「作為一個男人，我可以非常明確地告訴妳，我接受不了我未來的老婆義不容辭地去幫一個喜歡她的男人，別拿親情當擋箭牌，在我看來這叫藕斷絲連。如果他要求妳跟我斷絕一切來往，妳會怎麼做？」

「我、我可能做不到……」

「是我的話會毫不猶豫地答應。」

封趣猝然抬眸，怔怔地看著他。

他再次啟唇道：「愛情是很自私的，如果那個人愛我愛到願意嫁給我，那想必也絕對不會想跟任何人分享我，我的義不容辭只會給我未來的另一半，也只有她配得上。」

她驀地一震，沒錯，這才是標準答案，可即便如此，她發現自己還是無法做到。

「妳還是做不到是嗎？」

她緊抿著唇，默認了。

「我說啊……」他倏地揚起嘴角，開心得過了頭，不禁地把臉埋入她的髮間。片刻後，他微微側過臉頰，視線被她紅得彷彿快要滲出血的耳朵吸引，覺得可愛極了，忍不住輕咬了一口，「如果這都不算愛，那什麼才算？」

「啊……」她輕輕喊了一聲，下意識地伸出手捂住耳朵。

那微張的粉唇侵吞了薛齊所有的理智，他想吻她，發了瘋地想。

就在他快要不顧一切後果這麼做時，門外傳來一陣敲門聲：「封趣，妳是不是回來啦？」

是薛阿姨！

封趣就像是做了什麼虧心事一樣，連忙推開薛齊站了起來，急急地回應道：「嗯……回、回來了……」

「我能進去嗎？」

她當然不可能把薛阿姨拒之門外！

其實，即便是被薛阿姨看到薛齊在她的房裡也沒什麼，不過就是進來說幾句話而已，很正常，問題就在於……他們不是說了幾句話啊！剛才那陣臉紅心跳的感覺仍未褪去，她甚至都感覺到了薛齊想要更進一步，而那一瞬間她並未想到要拒絕！這使她腦中一片混亂，下意識地想要掩蓋。

就這樣，她做了件蠢事。

她對著門外說出「可以」的同時，把薛齊推到了床上，拉開被子，將他蓋得嚴嚴實實的，隨即自己也迅速鑽進了被窩。

她剛完成這一連串的動作，薛阿姨就擰開了房門。

「哎呀，妳已經睡啦？」看見躺在床上的封趣後，她的話音裡透出了歉意。

「嗯，剛睡……」封趣作勢要掀開被子下床。

她知道薛阿姨一定會阻止她，事實果然不出她所料。

「噯，別起來，別起來，這大冬天的，妳繼續睡吧，我也沒什麼事，只是想問問妳餓不餓，餓的話我去做些宵夜給妳吃。」

「我不餓，還是說薛阿姨妳餓了？那還是我來做吧……」說著，她又要下床。

「不用不用，快點睡吧。」

「嗯……」她一臉為難，過了一會兒才道，「那……薛阿姨，晚安。」

「晚安。」薛阿姨漸漸退了出去。

眼看那扇門就要闔上，她鬆了口氣。

沒想到房門又一次被薛阿姨推開了：「啊，對了，薛齊沒跟妳一起回來嗎？我剛才去他房裡看了一下，他不在呢。」

「印好雨說有話想跟他單獨聊聊，估計是關於年後正源租廠房給三端的事，我也插不上什麼嘴，就先回來了。」

「那麼晚了，薛齊居然讓妳一個人回來？」

「沒有沒有……」她連連搖頭，「他們先一起把我送回家的。」

「那就好……」薛阿姨放心了，「那妳快點睡吧，燈要不要幫妳關了？」

「好哇。」

啪——

整間屋子頓時被黑暗籠罩，薛阿姨慢慢關上了她的房門。

封趣仍舊不敢動彈，等了好一會兒，直到確定薛阿姨的腳步聲慢慢走遠，她這才徹底放下心來，忍不住吐出一口氣。

「幹嘛搞得我們好像在做什麼見不得人的事一樣？」一旁的薛齊撐著頭，調侃道。

「我沒想那麼多嘛……」她剛才絕對是腦子短路了，什麼都沒想，等反應過來之後就已經做了。

「什麼都沒想就把我往床上推？妳這本能反應過於大膽啊。」

「哎呀，別說那麼多廢話，快點回你自己的房間去。」封趣沒好氣地掀開了薛齊那一邊的被子。

「我怎麼回去？」他動也不動，直挺挺地躺在床上。

「走回去啊。」

「我來分析一下我家的地形給妳聽。」說著，他煞有介事地坐了起來，伸手在床上比畫著，「妳看，妳的房間在這裡，走廊的最裡面，我在這裡，最外面那一間，我爸媽在中間。剛才我只聽到我媽的腳步聲，沒有關門聲，很明顯，他們還沒關門，多半是在等我，我如果是從外面走進來還好，但我要怎麼從最裡面的這間房間走出去？」

封趣被唬得一愣一愣的：「是喔！」

「嗯哼。」他得意地挑了挑眉。

「那怎麼辦？」

「還能怎麼辦？」他一伸手，摟著她倒回了床上，「睡吧。」

「啊？」

「放心，我什麼都不會做，趕緊睡吧。」

「真的？」封趣充滿懷疑地看著他。

「妳要是再多話，我就不保證了。」

她立刻閉上嘴，同時也閉上了雙眼……沒事的，沒事的，不就是旁邊多了個人嘛，他都說了他什麼也不會坐，那說白了就是多了一攤會呼吸的肉而已。

可是這攤肉有著一張好看到不行的皮囊啊！太誘惑了！她根本就無法靜下心來啊！

封趣盡可能讓呼吸平穩一些，然而心跳是無法人為調節的。

她的心跳太快了，快到手上那支監控心率的手錶都發出了警告，還好她調的是振動模式，她藉著轉身的動作用另一隻手捂住了手錶，生怕被薛齊察覺。

很不幸，他還是察覺了。

「妳的心跳很危險啊。」他邊說，邊轉過身面對著她。

炙熱的氣息從她的鼻間掠過，撫過脖頸，她瞬間起了雞皮疙瘩，整個人都緊繃起來，回眸瞪著他，質問道：「你不是說你什麼都不會做的嗎？」

「我有做什麼嗎？」他一臉無辜。

「我……」她垂眸看了看，他的確什麼都沒做，雙手很規矩，身體甚至還和她保持著距離，完全沒有任何可以指摘的地方。

「把手錶摘了吧，很吵。」

「它、它只是在提醒我起來站一會兒！沒有別的意思！你別說話了！快睡！」

「嗯……」他彎起嘴角，呢喃般道，「晚安。」

「晚安。」

她發現了：薛齊溫柔起來真的很要命，而她不想跟任何人分享這種溫柔。

薛齊真的就像他所承諾的那樣，什麼事都沒做，這一晚封趣睡得很踏實。

直到早上九點多，她被若有似無的說話聲吵醒，迷迷糊糊地睜開了眼，只看見薛齊靠在一旁講電話。

她以為自己並沒有發出什麼動靜，但薛齊還是察覺到了，朝她看了過來，撞上她的打量目光後，他對她寵溺地笑了笑，挪開了手機，俯身在她耳邊低語：「妳剛睡醒的樣子真好看。」

她就像一隻貓，慵懶得很，哪怕只是一個不經意的動作都像在伸出爪子，撓他的心口。

她的臉頰驀地漲紅，有些羞赧地推開了他。

大概是好一會兒沒有聽到他的回應了，電話那頭的人似乎有些不悅，封趣聽不清楚那頭說了什麼，只感覺分貝明顯提高了。她蹙了蹙眉，故作嚴肅地指責道：「好好講電話。」

薛齊很聽話，重新把手機放回耳邊，咕噥了一句：「行了，我知道了，把地址發我，我馬上過去。」

「發生什麼事了？」封趣隱約察覺到他的語氣有些不對勁，似乎透著煩躁。

「崔念念病了。」

她微微僵了一下：「你要過去嗎？」

「妳希望我過去嗎？」他反問。

封趣沒說話。她當然清楚他的意思，也明白如果她對他確實沒有任何那種想法就應該果斷讓他去，可她還是猶豫了。這片刻的猶豫讓她很清晰地意識到一件事——至少，她是在乎薛齊的，那是一種帶著占有欲，不願意跟任何人分享的在乎。

她並不想對自己撒謊，於是給出了一個她認為最合理的答案：「我陪你一起去吧。」

薛齊顯然沒想到她會給出這種回答，怔了片刻才回過神。難得她願意嘗試跨出一步了，他當然捨不得推開，但這也意味著有些事必須對她坦白。

他沉了沉氣，道：「這通電話是蕭湛打來的。」

「啊？」她有些反應不過來，好一會兒才稍微理順了一些，「你是說，崔念念現在跟蕭湛在一起？」

「嗯。」

她更加不明白了：「他們為什麼會在一起？」

這太奇怪了吧？明明是八竿子打不著的兩個人，唯一的關聯也就只有都會做漆器這一點了，大過年的，一般不都應該和親人在一起嗎？為什麼這兩個人會湊到一起？

「我也不清楚，妳確定要一起去嗎？」他的意思很明白，她如果還沒準備好，沒必要逼自己去面對。

她確實有些怕了，思忖了好一會兒後突然覺得好像有什麼地方不太對：「崔念念生病了為什麼要打電話給你？大過年的，他們會湊在一起，總不可能只是在大街上偶遇那麼簡單吧？蕭湛不應該聯繫崔念念的家人嗎？」

薛齊想了想，道：「她得的是漆瘡，她父母一直反對她碰漆器，如果知道她又得了漆瘡，恐怕只會更反對。」

「那就算是不能和她家人說好了，他也可以直接送她去醫院啊，為什麼要找你呢？」

「你覺得呢？」其實蕭湛的意圖並不難猜，但薛齊不習慣在背後議論別人。

「他就是故意的，也許是猜到的，也許是崔念念跟他說的，總之他大概是知道我和你正在一起，故意要讓我吃醋！」

薛齊歪過頭，笑著打量了她一會兒：「所以，如果我丟下妳去了，妳會吃醋吃到發慌，是這個意思嗎？」

「我不管，反正我陪你一起去，絕對不能讓他得逞。」說著，封趣掀開被子，從床上爬起來，「你等我一下，我這就去洗漱，很快的……」

「急什麼，吃了早飯再去吧，我媽都上來催過兩次了，怕妳餓到，又怕把妳吵醒，糾結得要命。」

「嗯……」

嗯？封趣驀地頓住腳步，猛然轉眸朝仍舊躺在床上的薛齊看了過去，「你、你媽進來過？」

「對啊。」

「你就這麼躺在我的床上，她就這麼進來了？」

「是啊。」

「她、她就沒有說什麼嗎？」

「有啊，她把我罵了一頓，說肯定是我讓妳累壞了才會睡得那麼沉，讓我下次節制點。」

「你就沒有跟她解釋嗎？我們明明什麼都沒做啊！」

「解釋了，她不信，我有什麼辦法？」

她能理解，一大清早看到這種畫面，誰會相信昨晚什麼事都沒發生。

所以說，她這是跳進黃河都洗不清了？

◇

崔念念到底為什麼會和蕭湛湊到一起？

關於這個問題，就連崔念念自己都覺得透著玄幻的氣息，但回過頭來看，又似乎早有端倪。

往年過年，她通常會出國去玩，有時候是跟她爸媽一起，有時候是拉著薛齊和施易。然而，今年施易和吳瀾結婚了，婚後的第一個春節肯定走不開，而薛齊有封趣了，那傢伙就是典型的見色忘友！原本她是想帶著她爸媽一起出去的，可她爸媽今年就跟中了邪似的，說什麼都要留在國內過年。

她拗不過他們，只好放棄了，萬萬沒想到他們居然會跟她玩這手！

大過年的幫她安排相親，還是在完全瞞著她的情況下！只說今年年夜飯約了一個老朋友一起吃，而這個老朋友居然是蕭湛他爸！

說起來，她爸媽和蕭湛他爸倒的確算是老朋友，但自從蕭叔叔對蕭湛媽媽始亂終棄後，他們就再也沒有來往了，任憑她腦洞大過天，也想不到他們竟然會突發奇想，把她和蕭湛湊成一對！

剛走進包廂她就覺得不對勁了，看到蕭湛的剎那……她想起了以前網路上那些關於她抄襲蕭湛作品的言論。事情鬧得最大的那段時間，他的那些粉絲差點把她家祖墳在哪裡都挖出來了。她在各大社交平臺上的主帳號、身分帳號全都被挖出來，他們精准統計出她這一年偷偷圍觀過多少次蕭湛的直播，用分身帳號罵過他多少次，說崔念念早期的作品都是以模仿蕭湛為主。

最後，他們得出了結論——她就是個抄襲慣犯！

粉絲行為，偶像買單。所以就算是打死她，她也絕不可能跟蕭湛坐在同一張桌子上吃飯，相親什麼的更是想都別想。

她狠狠地瞪了她父母一眼，不發一語，轉身就走，完全沒有考慮要給任何人面子。

相比之下，蕭湛要比她冷靜得多，來之前他就知道他要見的人是誰。他爸現在有太多事情要求他，安撫討好都來不及了，自然不敢有隱瞞。他甚至能感覺到他爸提到相親時，是根本不抱希望的，沒想到他竟然會答應，當然了，他只是想會會崔念念而已。

崔念念的行為無疑是把她爸媽放到了一個無比尷尬的境地，兩人乾笑著，想追但又覺得至少得先給個解釋。

「那、那個……」最終還是崔念念的父親率先開口了，「她早上吃壞了肚子，急著去洗手間，我們先點菜、先點菜……」

蕭湛倏地站起身，對他們笑了笑：「我去看看她吧。」

「噯，不用不用……」崔爸爸連忙攔住他。

「沒事，我理解，像令嬡這種條件的女孩子突然被拉來相親，難免會有些排斥，如果崔伯伯願意的話，能否給我個機會？我也希望能跟她單獨聊聊。」

「這樣啊……」這是看對眼了啊！崔爸爸自然是願意的，但場面話總還得說幾句，「那就辛苦你了，我這閨女從小被我寵壞了，脾氣不小，你多擔待。」

「嗯，那你們先吃吧，不用等我們了。」

蕭湛很清楚，他是不可能把崔念念勸回來的，也不想浪費精力去做這種事，他只是想跟她聊聊，這是他唯一能了解封趣現狀的突破口了。

好在崔念念穿著高跟鞋，走得不快。蕭湛追出來的時候，她正好打開車門，準備上車。

他走上去，伸出手擋住了她的車門。

「你想幹嘛？」崔念念憤憤地瞪著他，毫不掩飾對他的厭惡。

「不想聊聊嗎？」他問。

「聊什麼？」她微微轉過身，挑釁地看著他，「如果你想問我關於封趣的事，那我只能說，我要是你就不會再有臉出現在她面前。但凡你還有那麼一點良心的話，就別再去打擾人家了，她現在跟薛齊好得很，死心吧，你根本就沒有出場機會了。」

「他們……」他抿了抿唇，然後艱澀地啟唇，「他們已經在一起了嗎？」

「嗳，我說你這個人怎麼能這麼不要臉啊？做那種事的時候你就應該想到，你和封趣再也沒可能了，不管她現在跟誰在一起，你都管不著。」

「嗯……」他整個人就像是被霜打過的茄子，瞬間枯萎了。

「哎呀，這大過年的，你這麼喪氣幹什麼，看著就煩……」他的這副模樣讓崔念念多少有些心軟，也覺得沒必要再痛打落水狗，「趕緊回去吃年夜飯吧。」

「妳不回去嗎？」

「別得寸進尺啊，我一想到跟你坐在同一張桌子上吃飯就噁心。」

「我一個人回去無法交差。」

「那是你的事……」她抬起手，試圖撥開蕭湛那隻落在車門上的手。

當她的指尖落在他的手背上時，他隱隱覺得有些不對：「妳的手為什麼這麼燙？」

「關你什麼事啊？」

「不是……妳沒覺得哪裡不舒服嗎……」不只手燙，她的臉色也很蒼白。

「有啊！我一看到你就整個人都不舒服！」

他皺了皺眉，強行抓過她的手，有些蠻橫地拉起她的袖子。果然，一片再熟悉不過的紅疹映入了他的眼簾。

「妳……」他抬起頭，還來不及把話說出口，她突然整個人一軟。

「千萬別告訴我爸媽……」

她像是強撐著最後的意識講完這句話的，然後，就暈了。

就連暈倒她都本能地往後，明擺著不想跟他有任何接觸。蕭湛還是及時拉了她一下，讓她安穩地倒在了他懷裡。

再怎麼說也是女人，跟他無冤無仇的，整件事裡她確實是最無辜的那個，恨他也能理解……蕭湛終究還是心軟了，總不能就這麼丟下她不管吧？

崔念念醒來的時候發現自己正躺在沙發上，不太舒服的睡眠環境讓她覺得腰痠背痛。她一時分不清現在到底是什麼時候，甚至分不清自己在哪裡。

但很快，她的目光就捕捉到了靠在沙發背上的蕭湛，他正背對著她，手裡握著個杯子，看著落地窗外的風景。

崔念念一顫，記憶也迅速恢復過來。她猛地坐起身，衝著蕭湛的背影嚷道：「你對我做了什麼？」

他緩緩轉眸，蹙著眉心朝她看過來：「妳連自己得了漆瘡都不知道嗎？」

被他這麼一說，她才想起來。

她拉起袖子又檢查了一遍，紅疹的面積彷彿擴大了，很癢，她忍不住撓了起來。

她並不是第一次得漆瘡了，相反地，她經常得。

剛開始的時候是癢得睡不著，還伴隨著持續不退的高燒，就因為這樣，她父母一直反對她做漆器，就連她師父都說過，她屬於敏感體質，其實不太適合長期接觸這種東西。

想到這裡，她有些心虛地朝蕭湛看去：「你沒跟我爸媽說吧？」

「妳不是交代了不要說嗎？」

「看不出來你這個人還滿講道義的。」崔念念鬆了一口氣，轉眸環顧起四周，「這裡是你家嗎？」

「嗯。」他放下杯子，走到藥箱旁拿了管藥膏丟給她，「自己塗。」

她也不矯情，擰開藥膏蓋子，小心翼翼地自己塗了起來。

蕭湛默默地打量了她一會兒，忍不住道：「妳有必要為了薛齊那麼拚命嗎？」

「啊？」她滿臉不解。

「如果只是普通的漆瘡也不至於暈倒，但妳是復發，照道理說，妳早就應該靜養，盡可能地避開刺激源。我沒記錯的話，你們那款刷子是訂在年後上市吧？為了幫他搶在增滿堂之前發布新品，妳連命都不要了嗎？」

「這件事跟薛齊無關，我這是被你氣出來的好嗎？要不是你找人抹黑我，我心情也不會這麼糟糕，我心情一糟糕，就想躲在工作室裡做漆器！說起來，你才是罪魁禍首好嗎？」她一直就覺得網路上那些持續抨擊她的言論不太可能只是粉絲所為，幕後黑手極有可能就是蕭湛本人。

「那是抹黑妳嗎？」蕭湛歪過頭看著她，涼涼地道，「我不過是把事實說出來而已，妳的確一直在暗中關注我，不是嗎？」

「我呸！誰稀罕關注你啊？我是想看看你還能把漆器糟踐成什麼樣子！」

「糟踐？」他眉梢微微動了一下。

「我有說錯嗎？你那是在做漆器嗎？你根本就是以漆器為噱頭！真正熱愛漆器的人，才不會像你這樣成天搞什麼直播……」

蕭湛不耐煩地瞇了瞇眼，打斷了她的話：「收起妳那套所謂的匠人精神，聽了就煩。」

「放心，我不會跟一個根本就不配稱為匠人的人討論什麼匠人精神！」崔念念氣鼓鼓地瞪了他一眼，費力地從沙發上站了起來，「我就是想告訴你，不管你耍什麼花樣都阻止不了三端新品上市，給我睜大眼睛看看什麼叫漆藝！」

「妳去哪裡？」蕭湛喊住了她。

「回家啊！」

「我已經打電話讓薛齊來接妳了，」他看了一眼手錶，「應該差不多快到了。」

崔念念停住腳步，哼出一記誇張的嗤笑，轉眸朝他看了過去：「你當我傻子啊！薛齊在湖州呢，怎麼可能來接我？」

「打電話問他一聲不就知道了嗎？」

崔念念皺了皺眉，半信半疑地掏出手機，撥通了薛齊的電話。

鈴聲只響了片刻就接通了，還沒等她說話，那頭薛齊就率先道：『醒了？好點了沒？』

「你還真的來了？」她瞥了一眼那頭的蕭湛，見他冷冷地嗤笑了一聲，原本因為誤會了他而不太好意思的心情立刻蕩然無存。

『嗯，在路上了，不出意外的話，二十分鐘左右就能到了。』

崔念念突然想到了什麼，用手捂著嘴，壓低聲音道：「這是陰謀啊！你中計了！」

『嗯？』

「你好好想想啊，你好不容易把封趣騙回了家，多好的機會啊！他在這種時候打電話給你，明擺就是為了阻止你們更進一步！我又不是第一次得漆瘡，你有必要特別過來接我嗎？終身大事要緊啊，兄弟！」

『妳想太多了。』

「是你想太少了！」

『我的意思是，誰說我是為了妳回來的？』

虧她還為他的戀情著急，看看他說的是人話嗎？

「我只是剛好想打他。」

哇！有好戲看！崔念念瞬間話鋒一轉：「喔，那你路過便利商店的時候去買點運動飲料，補充一下體能，千萬不能輸！別說二十分鐘了，我再跟他吵三十分鐘都行，所以你慢慢開，別著急！」

說玩，她掛斷了電話，有種上戰場的架勢。

蕭湛正靠在單人沙發上，交疊著修長的雙腿，邊翻看著手機，邊品著咖啡，看起來十分悠閒。

崔念念則直挺挺地坐在他對面，不發一言。雖然嘴上說再吵三十分鐘也沒問題，但這次的漆瘡來得凶猛，她不僅發燒，身上還又疼又癢，頭就像是要炸開了一樣，實在沒體力吵了，只能狠狠地瞪著蕭湛，用眼神發洩。

終於，他忍不住抬眸朝她看了過來，笑著問：「幹嘛？熬鷹呢？」

「有件事我想不透。」既然吵不動，她決定改變策略，嘗試與他平心靜氣地聊聊，「你要是有心的話，等我睡醒了，幫我叫個車就好，有必要特意讓薛齊從湖州趕來接我？」

「我不知道他在湖州。」

「騙誰呢？」崔念念不屑地撇了撇嘴，用實際行動證明了一旦開始看一個人不爽，那不管對方做什麼她都會覺得有問題，她甚至都懶得去想這其中的邏輯是否合理。

蕭湛也沒有解釋，自顧自地低下頭，默然了許久才啟唇問：「她也一起去了嗎？」

說這句話的時候，他依舊在滑手機，看起來好像很不在意，但崔念念感覺得出來他是鼓起勇氣才問出口的。

她有點動搖了：「你真的不知道嗎？」

「嗯。」他點了點頭。

她睇著眼眸，意識到了她之前的疑問並沒有得到解答，他根本就是在顧左右而言他。崔念念問：「那就算薛齊在這裡好了，他又不是我男朋友，你為什麼要找他？」

「妳在我家睡了一整晚，打都打不醒，徹夜不歸，總得跟妳爸媽解釋吧，還是妳希望我去解釋？」

別鬧了，如果由他出面解釋，那她之後才真的會有一大堆問題需要跟她爸媽解釋。如果是薛齊的話，確實可以幫她想出無數的理由來糊弄她爸媽，而且她爸媽一定會深信不疑。

這是最好的安排，但並不是最合理的。

最根本的問題是——

「我認為，昨晚你直接把我送去醫院，不會比聯繫薛齊麻煩。」他根本就沒必要把她帶來他家！

在她的咄咄逼人下，他鬆口道：「好吧，我確實是故意的。」

「為什麼？」

「我想知道她是否還好，哪怕是由薛齊來告訴我也好，所以妳的病給了我一個很好的藉口。」

「裝什麼深情。」崔念念不為所動地嗤笑了一聲，「真的這麼在乎她的話，為什麼還要利用她？」

他別過頭，怔怔地看著窗外的景色，輕嘆道：「人都會犯蠢。」

「你那不叫蠢，叫壞！」

很精准，他無法反駁。

「商業競爭我理解，你明刀明槍地上啊，利用一個喜歡你的女人算什麼？」

他突然拉回目光，看著她問：「妳跟封趣熟嗎？」

「幹嘛？不熟就不能替她打抱不平了嗎？哪怕她對我而言只是個陌生人，我也有路見不平拔刀相助的權利。」

「一葉障目而大放厥詞，事後被打臉的很多，我勸妳了解清楚再說。」

「我怎麼就一葉障目了？」至少現在擺在面前的事實就是蕭湛利用封趣偷了東西！

他微張著唇，猶豫了好一會兒才道：「她喜歡的人不是我。」

「啊？」

「她只不過是在我身上尋找薛齊的影子，也許連她自己都沒意識到這一點，但……遲早會意識到的……到了那時候……」他自嘲地笑了笑，「以她的個性，應該還是會勉強自己繼續跟我在一起，裝作若無其事的樣子。如果是她的話，恐怕能裝一輩子吧？可我不行，我已經裝不下去了。」

「不是……」這番話雖然訊息量不大，但含金量很高。崔念念有點亂，想了許久才在腦子中的一團亂麻裡找到了線頭：「你哪來的根據啊？」

「她剛到日本的第一年，元旦那天生病了，高燒不退，她一個人去醫院吊了點滴，自己煮了粥，想吃豆腐乳但擰不開瓶子。妳知道她怎麼做的嗎？」沒等崔念念回應，他就繼續說了下去，語氣裡透著無力，「她把瓶子砸碎了，然後從一堆玻璃裡挑了幾塊完整的豆腐乳。」

「那你在幹嘛啊？」

「我根本就不知道，她從頭到尾都沒聯繫我，我也一直聯繫不到她。我因為擔心去了她家，按了很久的門鈴都沒人開，我好不容易才找到房東幫我開門。」

「她暈倒啦？」

「不，她去醫院吊點滴了，當時房間裡一片狼藉，我還以為她被搶劫了，差點就報警了。」

「這、這不是滿好的嗎？你們男人不是一直都希望找到這麼獨立自主的女人……」說這番話的時候崔念念其實是有些心虛的，她認為如果真的喜歡一個人，會控制不住地想要撒嬌，尤其是生病的時候，可這也只是她認為，每個人都是不同的，也許封趣更傾向於不給對方添麻煩呢？

「妳還不明白嗎？她根本不需要我，不管是難過也好，開心也好，她從來都不會跟我分享。如果我不找她，她也不會主動找我，我找她還必須直接打電話，因為她說她不喜歡聊微信，每次接我電話的開場白都是『有事嗎』，好像沒什麼事，我就不應該打擾她一樣。」

崔念念忍不住吐槽道：「一般人接電話的開場白不都是這樣嗎？」

「可她對薛齊不會。」

「這你也知道？」

「是啊，看到了。」

「怎、怎麼看到的？」他是趴在封趣家的床底下了嗎，還是說在封趣身上裝了竊聽器？

他陷入了沉默，半晌後才咕噥了一句：「手機。」

「嗯？」他什麼意思？

「我……」蕭湛深吸了一口氣，眼神躲閃，像是在剖開自己最不堪的一面給別人看，但他還是想說，憋太久了，「我那天看她的手機並不是想找什麼企畫，事實上我根本不知道他們的聊天記錄裡會有那份企畫，我只是……只是忍不住想看一下他們平常都在聊些什麼……」

「呃……」崔念念實在很好奇他到底是看到了什麼，使他最終下定決心點開了那份概念圖，「他們聊了什麼？」

「倒也沒什麼。」

那你不就是單純利慾薰心，才竊取概念圖的嗎？

「只是……」他苦笑了一聲，接著道，「我才發現，原來她也會跟人徹夜視訊聊天，也會一日三餐鉅細靡遺地彙報，也會秒回訊息，也會看見好玩的段子就想立刻跟某個人分享，也會僅僅是碰到被人插隊這種瑣事都想跟某個人抱怨……」

「這單純是因為她跟薛齊比較熟悉吧？畢竟人家六歲的時候就認識了，從小一起長大的。」

蕭湛皺著眉頭朝她看去：「妳是在安慰我還是在『補刀』？」

「都不是，怎麼說呢……」崔念念撓了撓頭，她不太擅長解決這類問題，「這些話你跟封趣說過嗎？」

「沒有。」

「為什麼不說呢？」

「為什麼要說？」蕭湛反問道，「讓她意識到自己真正喜歡的人其實是薛齊，對我有什麼好處嗎？」

「那你現在這麼做就對你有好處了？」

「我剛才就說了，我已經裝不下去了。這麼多年了，我一直等著她忘記薛齊，甚至連出售三端這種爛招都用上了，結果呢？那個人只要一出現，她就會毫不猶豫地對我倒戈相向。」他故作輕鬆地聳了聳肩，「我算是看清了，我這輩子都得不到她，但我也不會讓薛齊得到。」

「所以你偷了我的作品，是想讓薛齊誤會封趣？」

蕭湛緊抿著唇，避開視線，什麼都沒有說，算是默認了。

「哇，我竟然有點同情你了怎麼辦？」崔念念想忍住的，但結果還是藏不住語氣裡的幸災樂禍，「沒想到吧，薛齊非但沒有懷疑她，人家兩個人說不定就因為這件事患難見真情了呢。你這叫多行不義必自斃，我爸從小就教我，做人不能欲壑難填，想要的越多，往往最後什麼都得不到。」

蕭湛抬眸冷冷地看著她：「我從小就沒有爸教。」

這句話讓崔念念的同情心瞬間覺醒了。

蕭湛父母的事她是再清楚不過的，她也不想拿這種事去攻擊他，太沒品。

一時間，她竟然不知道該說些什麼才好了，幸好門鈴聲及時響起。

蕭湛僵在沙發旁，不敢去開門。他突然有點怕，怕在薛齊那張臉上看到太多被封趣愛著的痕跡。

然而他根本就沒有逃避的餘地，崔念念急不可耐地衝去開門了。她的腳步很輕快，臉上的笑容很刺眼，就像是在期待一場好戲上演。

打開門後，她不由得一愣，怔怔地看著站在薛齊身旁的封趣，好一會兒才反應過來：「妳怎麼也來了？」

這句話並沒有惡意，只不過是表達驚訝而已。

但在封趣聽來有些不適，好像她不應該來似的。她微微蹙了一下眉頭，有些故意地道：「我不放心薛齊一個人開長途車。」

「呃……」崔念念默默轉身看了一眼沙發上的蕭湛。

她是想看好戲，這場戲也確實非常精彩，但不知道為什麼，她並不覺得有多暢快，反而有點擔心蕭湛。

他一動不動地坐在那裡，整個人就像是被點了穴一樣，不難想像封趣的這番話對他來說打擊有多大。

薛齊歪過頭打量了崔念念片刻，輕聲問了句：「發燒了？」

「是有點。」崔念念點了點頭。

「嗯，那走吧。」他說著，視線掠過崔念念，看向客廳沙發上的蕭湛，「不好意思蕭總，給你添麻煩了。」

蕭湛緩緩站起身來，擠出禮貌性的微笑，朝門邊走去，視線始終落在封趣身上：「沒事，我們家封趣怕是也給你添了不少麻煩吧。」

什麼叫「我們家封趣」？這刻意的稱呼讓封趣不悅地蹙起了眉心。

「她啊……」薛齊轉頭看了封趣一眼，笑了笑，笑容很淺，看不出什麼情緒，「是挺麻煩的，不過我習慣了。」

「薛總跟她也有幾年沒見了吧？現在的她可未必還是你已經習慣的那個。」

「那就重新習慣好了，沒關係，我有耐心。」

這劍拔弩張的氣氛讓封趣覺得很不舒服，她突然想起了薛齊曾說過──「那是占有欲，不是愛」。

以前她確實不懂，沒有愛又怎麼可能會想要占有？

這一刻她有點明白了，對男人來說，占有還意味著征服，但蕭湛想征服的人並不是她，說白了，她不過就是他用來和薛齊較量的籌碼而已，因為有了「薛齊喜歡的人」這個標籤，她才在他心裡有了分量。

「我們走吧。」崔念念舉步走到封趣身旁，輕輕抓了一下她的手。

顯然，崔念念在圓場。

封趣也很給她面子地輕輕「嗯」了一聲，扶著她轉身離開。

「等一下！」蕭湛突然叫住了他們。

薛齊挑了挑眉：「還有事嗎？」

他有些擔心地看了一眼崔念念，道：「她的漆瘡很嚴重，很明顯最近一直在復發，必須遠離刺激源，好好休養。」

「嗯。」

「哪有那麼誇張，休息兩天等燒退了就好……」崔念念反駁道。

話還沒說完就被蕭湛打斷：「我可以來幫妳。」

「什麼意思？」崔念念難以置信地問，「你想來三端？」

「別了吧！」她不屑地瞟了他一眼，「先不說別的，你來幹嘛？你會天水雕漆嗎？」

蕭湛不以為意地回道：「一理通百理明。」

崔念念哼出一記有些誇張的諷笑：「想不到你還能說出這麼外行的話，這跟你的犀皮漆可不一樣，玩的不是打墊，而是雕填好嗎！」

「妳能稍微用一下腦子嗎？」蕭湛斜睨著她，「我能做剔紅，又怎麼可能不會雕填？」

崔念念語塞了，雖說剔紅和雕填還是有些許差別的，但同樣需要在漆面上雕刻圖案。換句話說，他會雕刻技法，那確實是一理通百理明。

眼見崔念念不說話了，薛齊意識到蕭湛是真的會。於是，他抬了抬眸，不動聲色地問：

「增滿社長捨得放你走嗎？」

「我已經辭職了。」蕭湛微微歪了歪頭，繼續道，「天水雕漆的工藝繁雜，就算崔念念沒得漆瘡也無法如期完成，我猜你下一步應該是組建團隊，那多我一個對你沒壞處。」

「確切地說，是百利而無一害。」薛齊有禮貌地朝他伸出手，「希望我們能夠合作愉快。」

封趣和崔念念幾乎同時轉眸朝薛齊瞪了過去，臉上寫滿了驚愕。

那頭的蕭湛綻開微笑，若有似無地瞟了一眼封趣，輕輕握了一下薛齊的手：「薛總還真是相當有自信呢。」

「彼此彼此。」薛齊笑著回道。

三人剛上車，崔念念就忍不住問：「薛齊，你是腦子進水了嗎？居然答應讓蕭湛來三端？」

副駕駛座上的封趣也跟著點頭附和：「我也不能理解，你到底是怎麼想的？」

薛齊回頭看了一眼崔念念，道：「蕭湛說得沒錯，妳需要休息，我需要人手。」

考慮到自己的身體狀況，崔念念並沒有繼續逞強。是的，她的確需要休息，但她還是沒辦法認同薛齊的做法：「就算他說的是事實，但你找誰都行，為什麼非得找他？」

「妳有更好的人選嗎？」

「什麼叫『更好』？他哪裡好了？」

「有天賦，又懂行銷，想必管理能力應該也不錯。」薛齊很無私地細數著蕭湛的優點，轉過頭，有些故意地對封趣揚了揚眉，「是吧？」

「我哪知道……」封趣沒好氣地白了他一眼。

「我是沒看出來他有什麼天賦，但他的確是很會包裝自己，漆藝水準也就那樣吧，不過是靠著那張臉，騙騙那些無知小女生罷了。」崔念念不屑地撇了撇嘴，哼道，「像他這麼會鑽營的人，怎麼可能會放著在增滿堂的大好前程不要，跑來三端跟我們開荒呢？一看就知道沒安好心，說不定就是增滿正昭派來的臥底。」

「增滿正昭不會這麼做。」

崔念念匪夷所思地朝他看去：「你怎麼還歌頌起敵人的人品了？」

「我的意思是，他要是真的想派臥底，大可找個我們從未見過的面孔。日本總公司那邊有很多這種人，為什麼偏偏要讓蕭湛來？他剛偷了妳的創意，我們有那麼容易相信他嗎？」

「那他到底想幹嘛？」

「誰知道呢。」

「不知道你還冒險？」崔念念暴跳如雷地吼道，雖然不能理解他的行為，但她以為他應該是有周全打算的。

「也許並沒有我們想得那麼複雜。」

「嗯？」崔念念愣了愣，轉頭看了一眼封趣，猜測道，「妳的意思是說，他可能只是為了封趣而來？」

「不排除這種可能。」薛齊回道。

那你還讓他來？從容過頭了吧！封趣差一點就把這句話說出口了，幸好及時忍住了。她不清楚崔念念是否知道薛齊對她的感情，也無法確定崔念念到底對薛齊是什麼感情，總之他不說，她自然也不好多嘴。

讓她沒想到的是，反倒是崔念念激動地嚷嚷道：「那就更不能讓他來三端了呀！你怎麼想的？居然為情敵創造機會？」

「啊？」封趣有些詫異地朝她看了過去。

「怎麼了？」崔念念不解地問。

「沒、沒什麼。」

薛齊瞥了封趣一眼，猜到了她在想什麼，笑著道：「關於我喜歡妳這件事，認識我的人都知道。」

說到這個，崔念念就忍不住想吐槽：「妳有所不知啊，當初我們學校好多女生喜歡他，妳知道他怎麼做嗎？直接把各種社交平臺的頭像換成妳的照片，搞得所有人都以為他在國內已經有女朋友了！當時我還不認識他，就是常聽其他人提起，還想說這男人可以啊，簡直守身如玉，認識才知道……原來妳根本就不是他女朋友，這行為怎麼看都像個變態啊！」

「你哪來我的照片？」封趣有些詫異地看向薛齊。

「手機裡可多了。」

「是不是很變態？我都懷疑他每天晚上是不是會對著妳的照片幹什麼齷齪事！」崔念念興奮地把頭湊到封趣身旁，繼續道，「還有還有，不認識他的時候，我以為他很高冷，熟了之後我的天哪，成天叨念妳的事，煩到什麼程度呢？我這樣跟妳說吧，雖然我沒見過妳，也已經知道妳是天秤座、愛吃蟹黃和牛角麵包、怕狗、討厭喝牛奶、鞋子尺寸三十六號、字寫得很漂亮……喔，對了，人也長得很漂亮，反正在薛齊的眼裡，這世上不存在比妳長得更好看的女人。」

封趣忍不住轉頭看了薛齊一眼，碰巧撞上他的目光，她心口輕輕顫了一下，連忙轉開視線，低下頭，嘴角不禁地上翹，笑得格外甜。

見狀，薛齊也忍不住揚了揚嘴角，氣氛太曖昧！

「你們……」崔念念的目光就像雷達一樣在他們之間徘徊了一會兒，「該不會是已經在一起了吧？」

「還沒。」薛齊回道。

「那你還讓蕭湛來三端？不怕他把人拐走嗎？」

「跑不了。」薛齊掃了一眼封趣，道，「除非她傻。」

封趣沒說話，眉頭微微皺著。

她傻不傻還無法定論，至少剛才看到蕭湛時她還是沒能做到內心毫無波瀾。先撇開這種私人感情不談，她仍然覺得薛齊的這個決定太冒險，打死她都不信蕭湛會全心全意地幫三端，這怎麼看都像是一場陰謀。

「再說了……」趁著等紅燈的時間，薛齊轉頭看向崔念念，似笑非笑地道，「我不會讓封趣有太多跟他接觸的機會，主要負責跟他接觸的人是妳。」

「你是嫌我病得還不夠重嗎？」崔念念的大喊聲充滿了整個車廂，堪稱歇斯底里。

崔念念的漆瘡確實滿嚴重的，薛齊直接把她送去了醫院，有些瘡口已經發炎，高燒一直不退。她表面上生龍活虎，實則全憑一口「仙氣」吊著，到了醫院後，那口「仙氣」立刻就洩了。聽說薛齊對她父母謊稱她和吳瀾、施易一起來湖州找他，會在那裡住幾天，她父母深信不疑之後她終於徹底放鬆下來。

待護士小姐為她吊上點滴後沒多久，她就迷迷糊糊地睡了過去。

高燒和漆瘡的瘙癢使她睡得很不安穩，腦子裡一直有亂七八糟的片段閃過。

她好不容易才抓住了一組具有連貫性的畫面。

那是她小時候，八歲的時候，爸媽帶她去日本玩，順道拜訪了一個故人，是蕭湛的母親。那時候他母親還沒有漆藝教室，唯一的學生只有蕭湛，可他對漆藝沒有絲毫興趣，他醉心於演戲。

這人從小就是個戲精啊！

他說他得了絕症，所以他爸爸才不要他了，幸虧還有媽媽對他不離不棄。

他說他最多只能再活兩年，其實他很喜歡漆藝，可是身體不允許，他唯一的願望就是有一天能完成一件讓他爸爸滿意的漆器，那樣說不定他爸爸就會回來了。他說他恐怕是無法實現這個夢想了，希望她能完成他的遺願。

他甚至還在她面前吐血了！

長大以後，崔念念才意識到那極有可能是番茄醬之類的東西，可是那時候她信了他的邪，回國後就吵著鬧著要學漆藝。父母只當她是三分鐘熱度，然而他們也有足夠的經濟條件縱容她的任性，於是便為她找了師父。她心裡是很清楚的，其實那時候她爸媽都在等著她主動說不想學了。可讓她爸媽沒料到的是，她居然堅持到了現在。

很久以後她才知道，蕭湛根本就沒得絕症，他是腦子有病！

他父親之所以會不要蕭湛是因為他是私生子，這麼說或許有點不準確，因為他母親並不是第三者。聽說，他母親原先是蕭家老傭人的女兒，當然偶爾也會幫忙照顧一下他父親的衣食起居，久而久之，兩人之間擦出了火花。但蕭湛的爺爺是個門第觀念極重的人，強烈反對他們在一起。

而這些反對非但沒能拆散他們，反而為這段愛情染上了轟轟烈烈的色彩。

他父親帶著他母親私奔了，當時是她父母暗中幫助他們的，幫他們租了房子，還替他們瞞著長輩。可惜最終還是沒瞞住，蕭湛的爺爺還是找到了他們。

崔念念本以為那就是個很俗套的故事，之後蕭叔叔大概就被強行帶回去，娶了個門當戶對的女人，被迫成了不負責任的負心漢。

而故事的真相是，他父親的確是被騙回去的，那天是蕭湛爺爺的生日，爺爺讓他帶著蕭湛的母親一起回去，說不管怎麼樣，父子親情是斷不了的，言下之意就是勉為其難地認可他們了。據說那天他們是滿心歡喜地回去的，沒想到，席間蕭湛的爺爺幫他父親介紹了一個門當戶對的女人。

然後，他父親看上那個女人了。

用蕭湛母親的話說，他父親當時見到那個小姐時的表情她這輩子都忘不了，那大概就是傳說中的驚鴻一瞥便認定了一生，他從來都沒有用那樣的眼神看過她。

再後來，蕭湛的爺爺給了他母親一筆錢，把她送去了日本。

其實她可以不用走的，當時她已經懷了蕭湛，看在孩子的分上，蕭家會給她一個名分，蕭湛的父親也會咬牙負起這個責任。

可這不是她想要的。她說：「他的心已經不在我身上了，就算用孩子留住他，那也註定要做一輩子怨偶。與其成為牆上那抹惹人嫌的蚊子血，不如活成他心口的朱砂痣。」

這些都是崔念念後來從她母親那裡聽說的，她母親和蕭湛的母親算是閨密吧。那時候的閨密可比現在的閨密實在多了，因為這件事，她家和蕭家再也沒有過任何往來。

而這個故事，也讓崔念念原諒了蕭湛兒時的欺騙。

說起來，那或許談不上欺騙，只是個跟扮家家酒差不多的遊戲，沒什麼好記恨的。她只是打算等哪天她的作品贏過蕭家的人、拿了獎後去日本找他，問他怎麼還沒死。

讓崔念念沒想到的是，還沒等到那一天，他們就以這種她再也沒辦法輕易原諒的方式相遇了。

是的！沒錯！這次她是真的很難原諒他了！

她以為他就算只是把漆藝當作一種謀生的手段，但至少還有幾分傲骨，沒承想他居然能幹出雞鳴狗盜的事！他對得起他媽媽傳承給他的那一身技藝嗎？

◇

崔念念在醫院裡待了三天，高燒已經退了，紅疹情況也已經好轉了。

既然是瞞著她父母，那當然只能由薛齊來照顧她。他每天都會帶封趣一起去，崔念念倒是不排斥，她喜歡熱鬧，多個人說說話也滿好的，何況她跟封趣也算聊得來，尤其是在吐槽蕭湛這方面。

今天是她出院的日子，他們約好了中午之前去接她，剛好還能一起吃午飯。

薛齊正打算先去接封趣，卻突然接到了她的電話。
『我肚子痛……』手機裡傳來封趣虛弱的聲音。
「我現在去找妳。」他想也不想地道。
『不、不用了……可能是昨晚睡覺著涼了，沒什麼，你快點去醫院接崔念念吧……』
他想了想，還是不太放心：「我帶妳去醫院看一下。」
『真的沒事啦，我已經吃過藥了。』
他驀地擰起眉心：「妳吃了什麼藥？」
『拉肚子的藥啊。』
「藥這種東西能亂吃嗎？」
『呃，只是拉肚子而已……』
「反正都要去醫院，去看一下保險一點……」
『哎呀，不行，我又要去廁所了，先不說了，總之你先去醫院接崔念念吧，我看一下情況，一會兒如果還是不行我再打電話給你。』
「不是……」
「就這樣，掛了。」
還沒等他反應過來，她已經掛斷了電話。

薛齊皺著眉頭，愣愣地看著手機。她並不是逞強的性格，如果真的病得很嚴重她一定會說，但他還是覺得放心不下。

思來想去，他決定去她家看一下，確定真的沒什麼大問題再去醫院接崔念念。

車子剛靠近她家社區，他就看到一抹熟悉的身影從社區裡走了出來。封趣完全不像是身體不舒服的樣子！

封趣打扮得很隨意，紮著馬尾，穿著休閒衣褲，站在社區門口左右張望著。

薛齊並未刻意放慢車速，也沒有躲避，本來就是來探望她。

然而，她還是沒看見他。

不久，一輛車停在她面前，黑色的跑車，薛齊皺了皺眉，一眼就認出那是印好雨的車。

她並沒有立刻上車，而是敲開車窗，彎腰跟印好雨說著什麼。沒多久後，她才重新直起身，神情看起來有些猶豫，但最終還是打開了車門。

她剛鑽進車內，關好車門，印好雨立刻踩下了油門，揚長而去。

封趣確實沒有生病，本來也打算要跟薛齊一起去接崔念念，結果早上她忽然接到了印好雨的電話，說是有些事想跟她聊聊，還特意叮囑——千萬不要告訴薛齊。

當然了，封趣也不是那麼聽話的人，她打算先見一下印好雨，了解清楚到底是什麼情況，再決定要不要告訴薛齊。她本來是打算速戰速決的，結果……

「上車，先找個地方吃點東西，我都快餓死了。」印好雨透過車窗對著她道。

「我不餓，你快點把事情說完自己去吃。」

「想得美，我不會給妳過河拆橋的機會，趕緊上車陪本大爺吃飯去！」

他很堅持，封趣猶豫了一下，覺得或許是三言兩語說不清楚，還是決定上車了。

幸好印好雨對吃什麼向來不怎麼挑剔，在她家附近隨便找了家有簡餐的咖啡店就進去了。他也沒有賣關子，點完餐後從口袋裡掏出兩個已經被他捏得皺巴巴的信封。

封趣困惑地接了過去，信封很精緻，裡頭是兩張筆會邀請函，一張是給她的，還有一張是給薛齊的。

「妳來決定要不要給薛齊吧。」印好雨啟唇道。

「今年的筆會不是你辦的嗎？」封趣有些詫異。

邀請函上的主辦方寫的是邵峰筆莊，顧名思義，這家筆莊的創始人叫邵峰，傳到現在已經是第三代了，少東家叫邵井，在善璉當地也算是一家小有名氣的筆莊，但比現在的正源以及當年的三端還是稍遜一籌。基本上，每年的筆會都是正源帶頭舉辦的，以正源現在的江湖地位，這彷彿已經是不成文的規矩了，至少在善璉地區是不敢有其他筆莊越俎代庖的。

「我怎麼辦啊？到底該不該邀請薛齊？不請吧，好像有點說不過去；請吧，他要是不來，我豈不是很沒面子？這燙手山芋誰愛接就誰接，邵井那小子早就想找機會上位了，巴不得我把權力讓出來呢！剛好讓他搞一次，搞砸了就不會再鬧了。」

「別把鍋甩給薛齊，你不就是想教邵井做人嗎？」

「這確實是主要原因，但也不能說跟薛齊完全沒關係……」印好雨喝了口咖啡，繼續道，「上回我提到讓三端回歸製筆業的時候，薛齊是什麼態度妳也看到了吧？我是不知道妳後來有沒有跟他聊過、聊得怎麼樣了，總之，他到底還打不打算回來製筆先另當別論，但這個筆會他多半不會願意去。」

「為什麼這麼肯定？」

「妳是不知道當初薛齊回國幫他爸處理破產事宜的時候，那些人的嘴臉有多難看。說起來也真好笑，薛叔叔那時候也是想有錢大家一起賺，那家製筆廠，善璉不少筆莊拿了好處。當時也是他們自己爭破頭、要摻和進來的，做生意哪有穩賺不賠的，損失個幾萬塊人民幣也好意思覥著臉上門要薛家負責？分紅的時候他們可沒少拿啊，區區幾萬塊人民幣早就回本了吧？

薛家本來也不至於那麼慘，賣了老宅的那點錢把負債都還清還能有剩，可是薛叔叔老實啊，非得節衣縮食把其他股東的錢還清。邵家那時候鬧得最凶，薛齊去銀行拿賣掉老宅的那些錢時，邵井他爸媽就守在銀行門口，看見他出來就衝上去搶，攔都攔不住，邵井他媽媽還打了薛齊一巴掌，我覺得這個仇他沒那麼容易忘記。」

封趣愣怔著，一個字都說不出來。

是的，當年她不在，那時候她已經去增滿堂了，但僅僅憑印好雨的敘述，她就不難想像出那時候的場面。

牆倒眾人推，說起來不過就是一句輕飄飄的話，只有經歷過的人才知道被眾人推倒的時候有多難熬。而她……她非但沒能在那個時候陪在薛齊身邊，甚至還站著說話不腰疼，指責他為什麼不願振作。這談何容易啊，薛齊可是被那些他曾經無比信任的叔叔推倒的，難怪他會說他曾經對整個製筆業感到厭惡了，因為沒有人比他更清楚，那些道貌岸然的前輩醜陋起來有多麼不堪入目。

「我覺得邵井這小子絕對來者不善，薛齊要是真的去了，那就是場鴻門宴；可要是不去，我都替他委屈。」印好雨的聲音再次傳來。

封趣漸漸回過神，看著他道：「那你到底希不希望他去？」

「我不知道啊，所以才約妳出來商量嘛。」

「你這是商量嗎？根本就是把燙手山芋丟給我而已。」

「不然呢？妳男人的事當然得由妳來決定了。」

封趣陷入了默然，雖然對「妳男人」這說法有點不適，但也沒急著撇清，畢竟現在說這些不合適。她思忖了一會兒，最終只收下了那封寫著她名字的邀請函：「我替他去吧。」

「妳可要想清楚啊，邵井故意幫妳準備了一封邀請函，就是想到了薛齊或許會逃避，但妳不會。妳去了，代表的可就是薛齊啊，那些本該發洩在薛齊身上的情緒都會發洩在妳身上。」

「我不相信薛齊會放棄，他遲早會回歸製筆業，所以像這類的筆會必須得去，總得為以後鋪墊。」

「不用跟薛齊商量一下嗎？」印好雨問。

「商量的話就只有兩種結果，要嘛就是他跟我一起去，要嘛就是他也不讓我去。」

「那就讓他跟妳一起去啊，總比妳一個人去面對好吧。」

「可是我也不想讓他去面對。」這個筆會的場面不會太好看，那些人見到薛齊免不了會冷嘲熱諷，說不定會害他從此對製筆業更加厭惡。

「妳對薛齊還真的不是一般喜歡啊，簡直是非常喜歡！」

「能不能別什麼事都往兒女情長上扯？」

「那不然往哪裡扯？我這些年也很辛苦啊，怎麼就沒見過妳這麼不顧一切地幫我啊，偏心成這樣，除了喜歡還能怎麼解釋？」

她確實不知道該怎麼解釋了！

第九章　您還真是未雨綢繆呢

封趣已經好多年沒有參加過這種筆會了，以前倒是時常會跟著薛叔叔一起去。但自從三端被增滿堂收購之後就再也沒有收到過邀請函，圈子裡的人都覺得三端已經充斥著增滿堂血統，早就不能算是湖筆了。後來正源逐漸上位，印好雨是有問過她要不要去，但她自然是拒絕了。

當時她就清楚，去了也絕對不會聽到什麼好話，她並不想去受罪。

這一次，封趣要說是為了薛齊去的，確實也沒錯。

筆會在一家五星級飯店的宴會廳裡舉行，看得出邵井很想把它辦好，排場搞得特別大，還請來了幾家小媒體。以前印好雨辦的時候地點基本上都在善璉的「正源筆莊」，也就是行業內的小型交流會，自娛自樂為主。

封趣算準時間準時抵達。她本來是打算提前來的，那樣至少不用在眾目睽睽之下去領教那些冷嘲熱諷。結果，光是為了應付薛齊就耗費了她不少時間。

當然不可能繼續說肚子疼，都已經過去兩天了，她要是還疼，薛齊鐵定會把她帶去醫院。於是她想了個超爛的藉口——「大姨媽」來了，肚子痛。

是的！最終還是沒有離開「肚子痛」！

事後冷靜下來，她才發現可以想的理由實在太多了，可是在面對薛齊的時候她根本無法發揮最擅長的撒謊技能，抑制不住地心虛。

結果可想而知，薛齊特意跑來她家說要照顧她，送來了一堆暖暖包和古方紅糖……不管她怎麼勸他都不肯走，軟硬不吃，她要是真的「大姨媽」來了，被一個男人這樣悉心照顧也會很尷尬啊！

最終，她只能一不做二不休，提出讓他幫忙去遛一下海苔，然後直接溜了出去，還故意沒有帶手機。這已經是下下策了，等筆會結束，她就打算回去跟薛齊坦白從寬。

「喔，封總，稀客啊！」邵井正在遠處跟人寒暄，一看見封趣就趕緊衝到門邊，故意嚷嚷得很大聲，吸引了不少人側目。

封趣衝著他笑了笑，禮貌性地問候了一句：「好久不見。」

「可不是，聽說妳現在都已經是三端默認的老闆娘啦，長得漂亮就是有優勢，在增滿堂有蕭總給妳保駕護航，混不下去了，回三端還有薛齊願意接盤。」

刺耳的話並未削弱封趣臉上的笑容，她若無其事地道：「聽你說的，誇得我都不好意思了。」

這句話反倒讓邵井臉色微微一變，但很快他就又恢復如常，轉移了話題：「你們家薛齊呢？沒陪妳一起來嗎？」

「怎麼了？你這是想我了嗎？」

突然有話音從封趣身後傳來，是薛齊的聲音。

她驀地一僵，這一刻對她而言，身後的薛齊要比眼前的邵井可怕一萬倍。

想到自己故意把他支開然後不告而別的行為，她恨不得立刻就逃跑，因為以薛齊的個性是絕不會輕易放過她的。當然了，他們的問題完全可以關起門來解決，他也不至於當著邵井的面追究。

於是，她深吸了一口氣，噙著微笑，轉眸朝著他看了過去：「你停好車了？」

「是啊，狗都遛好了呢。」薛齊也報以同樣的笑容。

封趣嘴角微微顫了顫。

好在薛齊只是點到為止，眼眸一轉，目標很快就落在一旁的邵井身上：「你要是想我的話，隨時歡迎到三端來玩。」

「玩什麼？玩化妝刷嗎？」邵井挑釁地哼出一記諷笑，「我可跟薛總不一樣，對那些女人的玩意兒一點興趣都沒有。」

「原來你沒興趣啊，」薛齊一臉困惑地問，「那你發邀請函給我做什麼？」

封趣猝然轉頭看向薛齊。

邀請函？他為什麼會知道有邀請函？那東西不是被送到印好雨那裡了嗎？

很快，她馬上就意識到了問題的癥結所在——她怎麼會天真地相信印好雨能守住祕密呢？

「你……」邵井被他嗆得有些語塞。

「邵總要是不歡迎我的話，那我還是走吧。」薛齊一臉為難地道。

見狀，封趣連忙道：「走什麼走啊，你沒看出來邵井只是口是心非嗎？跟我說沒幾句就問薛齊人呢？簡直就是超想你的啊。」

「是這樣嗎？」薛齊詢問一旁的邵井。

「是、是啊。」這就是一對賊夫妻！一唱一和，默契配合，他完全不是對手啊！

「喔，那進去吧。」說著，薛齊牽起封趣的手，跨進了會場。

封趣愣了愣，下意識地掙扎了一下。

他收緊手心，輕聲道：「妳不是已經承認自己是三端的老闆娘了嗎？總要有個老闆娘的樣子吧？」

「你都聽到了？」想到剛才跟邵井之間的對白，她恨不得挖個洞把自己埋了。

他若有似無地「嗯」了一聲。

封趣也不掙扎，悶聲咕噥道：「印好雨是什麼時候跟你通風報信的？」

「跟他沒關係，他這次是想瞞著我的。」

「那你怎麼會知道邀請函的事？」

他微微偏過頭，好笑地看了她一眼：「三端在整個湖筆行業好歹也算是有過舉足輕重的江湖地位，我總不可能只認識印好雨吧？」

「說得也是……」

事實並沒有薛齊說得那麼輕鬆，他當然不會認為封趣跟印好雨之間有什麼，再結合除夕那晚印好雨突然詢問他打算什麼時候回歸製筆業，那就不難猜到他們這麼偷偷摸摸地瞞著他的，究竟是什麼事了。當然，他也的確輾轉打聽了一圈才得知有這個筆會。

這一次，印好雨還真是竭盡全力瞞著他，以至於當印好雨看見封趣和薛齊同時出現在他面前時，滿臉驚愕，怔怔地對著封趣道：「妳怎麼把他帶來了？」

封趣也很驚愕，因為印好雨身邊還站著童佳芸。

「我才想問你，你為什麼把她帶來了？」她一臉詫異地看著童佳芸。

「不是啦，我是跟爸媽來的，他們聊的那些事我也沒興趣，剛好看見印總，就過來打招呼了。」童佳芸解釋道。

這麼一說，封趣才想起她父母都是書法協會的，自然會是這類筆會的座上賓了。

所謂筆會，一般來說就是一個行業內的小聚會，通常會在每年過年的時候舉行，各家筆莊都會帶著自家的得意之作出席，由書法協會和美術協會的一些愛好者來鑒別好壞，看看還有沒有需要改進的地方。

原本是個良性的聚會，但這幾年整個湖筆行業如同一盤散沙，很多筆莊各自為政，筆會的氣氛也變得越來越劍拔弩張，一言以蔽之——誰也看不上誰。

不過，今年他們倒是空前團結，把矛頭齊刷刷地對準了三端。

老一輩的人倒是對薛齊沒有太大的偏見，只是無法認同薛齊重整三端的一些舉措，比如說做化妝刷。就跟曾經的薛叔叔一樣，他們認為他的這種行為甚至可以稱得上是數典忘祖。關於這一點，他們倒是不掩飾，直截了當地當著薛齊的面說了，畢竟前輩指責晚輩是天經地義的事。

至於跟他們同齡的那些人就不一樣了。

「薛齊還真的來了啊？」

「可不是，我要是他可沒臉來，三端都已經不製筆了吧？還來湊什麼熱鬧啊？」

「哈哈，說不定人家是帶著化妝刷來的呢。」

試筆環節時，這種議論聲不絕於耳，這讓封趣不禁想起了七年前的那場同學聚會，這些人都只是為了看薛齊的笑話。唯一不同的是，現在的薛齊很淡定，就像根本沒聽到那些刺耳的言論，嘴角始終掛著禮貌的微笑。

察覺到她擔憂的目光，他張了張嘴，輕聲道：「放心吧，我沒事。」

「嗯……」她一點都不放心啊！

他越是這樣，封趣越是擔心，生怕他會因為這些人對製筆更加沒信心，甚至徹底失去興趣。

跟她有同樣擔心的還有印好雨。

他顯然沒有封趣和薛齊那麼沉得住氣，冷不防吼道：「你們說夠了沒有？」

「就是啊！」早就忍耐不住的童佳芸緊跟著附和，「有完沒完了？就你們有嘴啊！」

「看你們一個個嘴砲，是做出了什麼驚世駭俗的筆，還是帶領整個湖筆行業走出國門了？自己沒本事就踩著別人找優越感是吧？」

「說得好像正源多有本事似的，當初還不是因為三端出事，這才撿了個頭銜。」人群中忽然冒出一句嘀咕。

「誰？這句話誰說的？有種給老子站出來！」印好雨怒不可遏地吼道。

「就算正源是撿剩的，那又如何？你們連撿剩的本事都沒有呢！」童佳芸冷冷地拋出了一句。

印好雨哭笑不得地轉頭看向她，一時間有點搞不清她到底是站哪一邊的。

「再說了！正源怎麼樣那是印好雨的事，關我們家封趣姊和薛總什麼事？直接點，拿技藝說話，過陣子在文博會上見，三端保證能夠獨占鰲頭！」

童佳芸這句話威力簡直非同一般，不僅炸得人聲鼎沸，更是讓薛齊、封趣、印好雨三人不約而同地朝她看去。他們眼神表達出的內容格外一致──「孩子，妳倒是先跟我們商量一下再誇下海口啊」！

最終，還是薛齊率先回過神來。

「嗯，那就文博會見吧。」他丟下話，轉身對那幾位前輩有禮貌地告辭，至於其他人，他顯然不打算放在眼裡，自顧自地轉身對封趣和童佳芸道，「走吧。」

封趣沒說話，默默跟著他舉步走出宴會廳。

童佳芸轉頭跟她父母打了聲招呼，見他們點頭後，她也立刻興沖沖地追了上去。

見狀，印好雨跟了上去，反正這筆會也不是他主辦的，他沒有留下來善後的義務，並且他也確實需要代表正源表達一下立場。

直到跨出宴會廳，印好雨和童佳芸的熱血仍舊在沸騰。

「行啊，妹子，居然比我還會撂狠話。」印好雨毫不吝嗇地誇讚道。

「那是一定要的啊，得讓這幫人明白『你爸爸始終是你爸爸』，三端是好是壞還輪不到這群人置評！」

「說得好！」

「嗯！你也不賴！」

兩人激動地擊了個掌，互相吹捧了一番。

終於，童佳芸察覺到了格外安靜的封趣和薛齊。她逐漸冷靜下來，後知後覺地道：

「那個……我是不是太衝動了？好、好像不應該提文博會的事？」

「妳現在才知道嗎？」封趣輕輕瞪了她一眼。

這簡直就是給自己挖坑啊！豪言壯語都已經放出去了，可是他們根本就沒有計畫要去參加今年的文博會，該怎麼收場啊？

「沒事，」薛齊反倒安慰起了童佳芸，「妳不說，我都忘了過陣子還有個文博會呢。」

「你打算去嗎？」封趣小心翼翼地問。

薛齊轉眸看向她，笑著問道：「有沒有興趣做竹絲筆？」

「有！」封趣眼眸倏然綻放出光芒。

「你們冷靜點好不好？有必要挑戰這麼高難度的東西嗎？」印好雨覺得這個想法太亂來了。

竹絲筆，顧名思義，是用竹子做的筆，選用毛竹逐層削成竹片，在水中浸泡一定時日，敲打成絲，這還只是最基本的工序，之後的環節才是將大部分製筆師擋在竹絲筆門外的重點，那就是打造竹絲的鋒穎。

「不挑戰高難度的東西怎麼獨占鰲頭？」說著，薛齊看了眼一旁有些愧疚的童佳芸，笑著道，「難得有人那麼信任我和封趣，總不能讓這孩子失望吧。」

「少東家……」童佳芸被感動了，「我就知道你和封趣姊一定可以的！」

「不是……薛齊，你這樣是不給我活路啊！」印好雨終於想起他們也是競爭對手的事了。

「你不是一直想贏我嗎？」薛齊衝著印好雨揚了揚眉，「來啊。」

「來就來！誰怕誰！文博會上見啊！」他學著剛才薛齊的樣子，撂完話後，衝著童佳芸道，「走吧。」

「我幹嘛跟你走？有病嗎？」童佳芸一臉茫然。

她就不能給點面子嗎？

結果還是薛齊出頭幫他解圍：「讓印好雨送妳回去吧，我跟妳家封趣姊還有些帳要好好算一算。」

嗯，對印好雨來說這是解圍，對封趣來說——這是死神來了！

求生欲讓封趣就像個小媳婦似的，亦步亦趨地跟在薛齊身後。

他走到副駕駛座旁，為她打開了車門。她硬著頭皮鑽了進去，繫好安全帶，坐得格外端莊，等著薛齊上車跟她算帳。

果然，薛齊才剛鑽進駕駛座就轉頭，一本正經地看著她說：「有件事我們得好好談一談。」

「對不起！我錯了！」不管三七二十一，總之她先主動認錯就對了，態度要誠懇。

「錯在哪裡了？」

「我不該把你支開然後不告而別的！」

他繼續問：「那妳現在覺得妳應該怎麼做？」

「呃……」不知道，坦白說，如果讓她重新選擇一次，她可能還是會選擇瞞著他。

「妳想過我們之間為什麼會錯過這麼多年嗎？」

「嗯？」她下意識地問，「我們錯過了嗎？」

他愣了愣，片刻後，不由自主地揚起了嘴角：「還沒有，不過本來說不定連孩子都大到會去跑腿買醬油了。」

他太有自信了吧！

「我很感謝妳為我守著三端這麼多年，可是如果有選擇的話，我寧願妳能一直陪在我身邊，不是說非得由誰來保護誰，在我看來我們一直都是平等的。在我最脆弱的時候，我希望妳能對我不離不棄，同樣，在妳最無助的時候，我也希望陪在妳身邊的人是我。」

「我明白了……」她抿了抿唇，輕聲道，「以後不管什麼事，我都會跟你一起去面對。」

他滿意地笑了，伸出手揉了揉她的頭：「孺子可教也。」

她顯然已經習慣他這種親暱的動作，也已經懶得迴避什麼了，何況眼下她還有更關心的事：「那你是真的準備好了嗎？童佳芸不過就是一時衝動，你不必因為她的一句話就勉強去參加文博會的。」

「也不算準備好吧。」他頓了頓，接著道，「但是我想試試看，能不能獨占鰲頭我並不是那麼在乎，不過作為三端的回歸首秀來說，確實得夠驚豔才行。」

「可是現在距離文博會只有一個多月了，年後天水雕漆的化妝刷就要上市了，還有很多事情要忙，我們根本就沒有時間去研究該怎麼做竹絲筆的鋒穎。」

「化妝刷的事可以先交給崔念念和蕭湛去負責，我們只要專心去想要怎麼做鋒穎就行了。」

封趣不太認同他的這個安排，忍不住蹙起眉心：「你真的那麼放心蕭湛嗎？」

「當然不放心，不過我相信崔念念，她會盯著的。」

「那還等什麼？得趕緊先把原料確定好。」封趣決定不去想太多，她相信薛齊是不會拿三端開玩笑的，既然他敢讓蕭湛來，就不可能毫無準備。

「在這之前，還有件很重要的事得先確定一下。」他的口吻很凝重。

封趣不由得緊張起來：「什麼？」

「妳的『大姨媽』是真的來了嗎？」

「沒有。」這種事情他有必要用這麼嚴肅的語氣談嗎？

「到底是什麼時候來？」

「關、關你什麼事啦！」

「當然關我的事了，我得算好時間，要不然等妳哪天終於願意進一步時，卻碰上妳家『大姨媽』，那多可惜啊！」

您還真是未雨綢繆呢！

◇

春節假期終於結束，蕭湛也算是正式來三端了。就像之前薛齊所說的那樣，基本上都是由崔念念對應他，而封趣和薛齊又忙著研製竹絲筆，封趣和蕭湛就沒怎麼打過照面。

薛齊和封趣嘗試了很多種方法來打造竹片的鋒穎，可惜都失敗了，最終，只能選擇最笨的方法——利用鋼絲刷和砂紙逐一打磨。

這對薛齊和封趣來說倒也不算難事，跟當初他們打磨鼠鬚的方法差不多，只不過比較費時，而他們現在最缺的就是時間。

為此，他們基本上每天都在公司加班到很晚，今天也不例外。

到晚上十一點多的時候，封趣實在撐不住了，而這種工作又恰恰需要高度專注。她認為逞強只會更耽誤時間，索性去工作室的沙發上躺了一會兒。

這個沙發是薛齊最近買的，為的就是方便他們休息。

蕭湛路過工作室的時候，碰巧看見她在沙發上蜷成一團。

其實他根本就不需要來公司，他家的漆器工作室環境比公司好，工具也比公司齊全，可他還是堅持每天都來，為的就是能多看封趣幾眼。但他還是低估了薛齊，這傢伙派來的崔念念實在難纏，明明醫生都說了她最近最好不要接觸漆器，可她還是每天把自己包得嚴嚴實實地跑來公司盯著他。

今天她也是一直盯到他下班回家，只不過他突然想起手機放在三端忘了拿，這才折了回來。

他站在門邊，默默地看了封趣好一會兒，最終還是忍不住走到了她跟前，脫下外套，小心翼翼地替她蓋上。

「謝了。」

薛齊不冷不熱的聲音從他身後傳來。

蕭湛不耐地蹙了蹙眉，轉頭看去，只看見薛齊端著杯咖啡，倚在門邊，面無表情地看著他。

「你是不是搞錯什麼了？」蕭湛沒好氣地道，「我並不是在幫你照顧她，要謝也輪不到你來謝。」

「喔，我只不過是在提醒你，要照顧也輪不到你來照顧她。」

「我都已經照顧她那麼多年了，你現在才跑來說這種話會不會有些晚了？」

「那你可能得好好反省一下了。」薛齊漫不經心地抿了口咖啡，「你要是這幾年做得夠好，我應該早就沒機會了才是。」

「你……」蕭湛的聲音不自覺地上揚。

然而他還來不及說些什麼，身後的封趣就被吵醒了。

她皺著眉頭，溢出了幾句含糊不清的囈語，翻了個身，原本只是想調整一下睡姿，迷迷糊糊間看見了面前的那兩道身影，瞬間清醒。

片刻後，她從沙發上坐了起來，看了眼身上的那件外套，確定不是薛齊的，於是她將外套丟到一旁，舉步回到了工作台旁，頭也不抬地道：

「還愣在門邊幹什麼，不用幹活啦？」

這句話她顯然是衝著薛齊說的，薛齊抬眸瞥了一眼蕭湛，眼神很平淡，並沒有勝利者的得意。老實說，這一刻他都有點同情蕭湛了。

某種意義上說，「同情」似乎是只有勝利者才會擁有的情緒。

薛齊撇了撇嘴，默不作聲地走到工作台旁坐下來，將剛泡好的那杯咖啡遞給了封趣，然後從口袋裡掏出一根棒棒糖塞進嘴裡，重新拿起工作台上的竹片和砂紙，繼續埋頭忙碌起來。

被徹底無視的蕭湛有些尷尬，原本他都已經打算默默轉身離開了，但薛齊的這一連串動作讓他驀地停住了腳步。

察覺到他有些奇怪的目光後，薛齊忍不住抬頭看了過去，詢問道：「還有事嗎？」

蕭湛回過神，自嘲地笑了笑，目光落在封趣身上：「我終於知道妳當初為什麼說喜歡看我做漆器的樣子了。」

封趣震了一下。

直到蕭湛離開，薛齊才看向封趣，問：「什麼意思？」

「沒、沒什麼……」封趣下意識地避開了他的視線，「哎呀，別理他，快點工作。」

然而，薛齊並沒有就此放過她：「是因為他做漆器時的樣子跟我很像嗎？」

驚訝導致她根本來不及多想，脫口而出道：「你怎麼知道？」

話音剛落她就後悔了，可惜已經覆水難收。

薛齊輕輕笑了一聲：「我看過他的直播。」

「你還去看他的直播？你怎麼這麼無聊啊？」

「知己知彼。」

其實直到今天之前，封趣都沒有意識到蕭湛做漆器時的樣子很像薛齊，或者說，她從未刻意地把這兩個人放在一起比較過，蕭湛說完之後她才發現，他們確實有著非常相似的小動作，比如都喜歡盤腿坐著，都愛咬著棒棒糖幹活，都是看起來姿態散漫但神情很專注。

她根本就是下意識地喜歡薛齊啊！

◇

文博會的展位基本上是由童佳芸負責布置和監工的，三端拿到的展位並不大，位置也不夠優越。這是童佳芸第一次獨立做的項目，封趣還在忙著和薛齊一起趕製竹絲筆，完全抽不出時間搞什麼展會布置。童佳芸自覺必須得把這個後勤做好，畢竟這件事的起因她也得承擔一半責任。

於是開展前幾天，她基本上每天都泡在展館裡。即便她都這樣盯著了，最後一天還是出問題了。

展位裡的那個宣傳展板她實在是沒時間親自過問，就讓市場部的其他人去交接，結果給錯了圖片，印錯了。

明天展會就要正式開始了，現在都快晚上九點了，供應商都已經下班了，她根本就找不到人重新做。

如果是封趣姊的話一定會有辦法吧？她差點就打電話跟封趣求救了，最終還是忍住了，猶豫片刻後，她轉身直衝向正源的展位。

和三端不同，正源的展位就在中心位置，特別大，很好找。

按道理來說，印好雨是不會親自過問展位布置這種事的，但今天下午的時候她看見他在展館裡閒晃，碰上她的時候還不陰不陽地嘲諷了幾句，說不定現在還沒走……

果然，大老遠她就看見印好雨蹺著腳，坐在展位角落裡玩手機。

「太、太好了，你還在啊……」她急急忙忙地衝了過去，氣喘吁吁地道。

印好雨愣了愣，關掉手機遊戲，抬眸朝她看去，調侃道：「怎麼啦？想請本大爺吃宵夜啊？」

「行行行，請你吃多少頓宵夜都行，只要你能幫忙……」

「發生什麼事啦？」

「展板……我們那個展板做錯了……」

「我的天哪，這麼大的事，妳怎麼才發現？」

「我下午忙瘋了，運來後一直沒有拆開檢查……」這件事童佳芸確實有責任，她就應該到貨後立刻檢查一下。

「錯得嚴重嗎？」他問。

「非常嚴重，整個圖片都弄錯了，本來應該是宣傳竹絲筆的，但他們不知道為什麼給了供應商那款天水雕漆化妝刷的宣傳圖……我剛才打電話給供應商，但是都已經下班了……」

「哎喲天哪，這麼精彩啊！」印好雨驀地從椅子上站了起來，「快快快，快帶我去看看，我得拍照留念，回頭好好笑一下薛齊，他還真的帶著化妝刷來文博會啦。」

「印總……」現在是幸災樂禍的時候嗎？

「別哭喪著臉，這沒什麼啦！小事……」印好雨摟著她，舉步朝三端的展位走，邊走邊認真地分析，「這樣吧，等一下呢，妳先幫我跟那塊展板一起拍照，明天我發個朋友圈……」

「印好雨！」

「別吵啊，讓我說完啊。」

童佳芸噤聲了，期待著他接下來的言論能夠有些實質性的幫助。

「現在這時間，別說大部分做展板的廠商下班了，就算沒下班也不一定能幫妳趕出來，我先去現場看看，正常情況應該可以做噴繪，背膠、五五〇噴繪布或者刀刮布都行，這個印起來很快。妳讓同事先把正確的宣傳圖和尺寸給妳，我先看一下情況，確定用什麼材料，讓正源這邊的供應商幫妳做，一會兒我陪妳直接去供應商那裡拿貨吧，最多幾個小時。」

童佳芸怔怔地看著他，半晌都沒反應。

見狀，印好雨皺了皺眉，問：「怎麼了？妳別這樣看著我啊，看得我發慌。」

「喔……」她連忙轉開了目光。

糟糕啊！剛才那一瞬間是心動的感覺啊！

她一直都知道印好雨不像表面上看起來那麼輕浮，甚至還滿靠得住的，但知道跟親身體驗畢竟是兩回事，在她手忙腳亂的時候，有個人能這麼平靜地幫她解決問題，這很要命啊！

◇

文博會的第一天，最熱鬧的莫過於「邵峰筆莊」的展臺。

邵井從國外引進了一項新技術，據說可以完美替代動物毛，甚至能達到上等狼毫的效果，不僅價廉還非常符合近幾年的環保主題，一經推出就引起了轟動，甚至吸引了不少媒體。

相比之下，位於角落的三端展臺就顯得冷清得多，只有零星的幾個工作人員坐在展臺裡頭滑手機。童佳芸不停地撥打著封趣的電話，可惜手機裡傳來的一直是「對不起，您撥打的用戶已關機」。

她認識封趣這麼多年了，還是第一次碰到這種情況。印象中，封趣的手機就像永遠不會關機似的，這讓她不免有些焦急和自責。這幾天她一直忙著展會的事，都沒有去公司，也不知道封趣和少東家到底有沒有把竹絲筆做出來。她當然對他們很有信心，只是凡事總有意外，早知道她當初就不該撂下那種狠話。

她正想著，忽然有個聲音傳來。

「哎喲，這位不是那天衝著我們叫囂的那個小妹妹嗎！」邵井停在三端的展臺前，一臉幸災樂禍地打量了一下，哼笑著說道，「我這個人也算貴人多忘事，妳上次那番話是怎麼說的來著？」

童佳芸白了他一眼，懶得搭理，她還是頭一回聽到有人說自己貴人多忘事的。

眼看著冷場了，邵井身旁的助理連忙道：「邵總，她說文博會上三端一定會獨占鰲頭。」

「啊，對對對……」邵井朝助理丟去一道讚賞的目光，視線很快又回到了童佳芸身上，「這還真的是『獨占鰲頭』啊，什麼東西都沒有就來參加文博會的，整個展館也只有你們三端了。說起來，薛齊和封趣呢？沒臉來了嗎？」

「封總和少東家正在路上呢，我們也還在準備，邵總要是想參觀的話可以晚點再來。」童佳芸面無表情地回道，但還是儘量讓語氣保持禮貌，她覺得跟這種人計較沒意思。

「文博會都開始幾個小時了，馬上就要吃午飯了，你們還在準備？」邵井煞有介事地環顧了四周，「我怎麼就沒看見你們有人在準備啊？這不是都無聊到開始玩手機了嘛……」

啪！

他的話音還沒落下，就突然有雙手從他身後伸出，朝他的腦袋狠狠拍去。

邵井臉色一變，轉頭吼道：「誰打我？」

「我打的，怎麼？還想還手啊？」印好雨一臉挑釁地看著他。

邵井抿了抿唇，沒說話，但臉上分明寫著不服氣。

「多接了幾筆訂單就驕傲了是吧？騙騙外行就行了，還想在同行面前班門弄斧？什麼國外技術，只是仿生奈米纖維毛。本大爺再提醒你一下，這供應商還是我先談的，當初想到有錢大家一起賺，才會帶你入局，你倒好，撇開我自己玩起來了？」

「這不是你介紹的那個供應商……」邵井輕聲解釋道。

「我管你是不是！把這項技術引入製筆業就是我提出的，你偷我的想法連招呼都不打一聲？還有沒有點江湖道義了？」

「我……」

「我什麼我？滾一邊去，跑三端來欺負我的人，你翅膀長硬了是嗎？再敢多說一個字，信不信我現在就去拆了你的台？」

這個威脅很有用，邵井不敢再吭聲了。

反倒是童佳芸忍不住皺起了眉心，抗議道：「什麼叫欺負你的人……」

話還沒說完她就後悔了，她就不該自我代入啊！萬一印好雨回一句「我又沒說妳」，她要怎麼下臺啊？

然而，結果有些出乎她的意料，印好雨看了她一眼，聲音明顯放軟了不少，甚至可以說是懇求了：「這件事等沒人的時候我們再慢慢討論，妳就先配合一下，我話都放出去了，就當作是給我點面子吧……」

「嗯……」童佳芸有些猶豫，但他都把話說到這裡分上了，她也確實不好在邵井面前讓他下不來台。

正當她想開口配合時，林深憤憤的聲音忽然傳來：「卑鄙！」

聞聲，印好雨忍不住抽了抽嘴角，這小子為什麼會來？為什麼早不來晚不來，偏偏在這時候出現？他也知道自己這一招確實有些卑鄙，一時間竟有些不知道該怎麼面對林深了。

「你來啦！」童佳芸見到林深眼眸一亮，激動地想要衝上前。

印好雨腳步一挪，倏地攔在了她面前：「妳激動什麼？」

「不是……」她張了張唇。

「站著，別動。」印好雨輕輕瞪了她一眼，終於還是轉身朝林深看去，「封趣和薛齊呢？」

林深別過頭，不想搭理他。

急著知道答案的她按捺不住了，催促著道：「哎呀，你哥問你話呢，你快說啊！」

林深只好不情不願地回道：「他們在停車，展品有點多，要我先拿一些過來。」

「竹絲筆呢？」童佳芸追問道。

「在薛總那裡。」

「竹絲筆？」邵井有些難以置信地朝他們看了過來，「他們把竹絲筆搞出來了？」

「你怎麼還在啊？」印好雨朝他瞪了過去，還以為這傢伙早就走了呢。

「呃……我、我就看看……」邵井支支吾吾地道，面子上有些下不來，自尊心卻沒能戰勝好奇心。

古詩有云——何人天匠出天巧，縷析毫分勻且輕。

這說的就是竹絲筆，可這種筆的製作技藝已經失傳了上百年，對大部分的製筆師來說，哪怕只是得以一見也算是無憾了。

結果他當然不只是看，還摸了很久，甚至動手試寫了一下。

竹絲剛柔並濟，有著毛穎所沒有的渾厚，靈動颯爽，曲折如意。

邵井在三端的展臺前流連了很久，拿著那枝竹絲筆都不想撒手，那一瞬間，無關輸贏，有的只是製筆匠人之間的惺惺相惜。

文博會一共三天，三端的展位堪稱門庭若市。

這得隆重感謝一下印好雨，拜他那條『哈哈，這白痴居然還真的帶著化妝刷來啊』的朋友圈所賜，不少同行特意跑來看熱鬧。

當然了，他們並沒有看到想像中的熱鬧，那塊出錯的展板印好雨已經幫忙解決了，但「竹絲筆」這三個字成功留住了那些人。

最終，三端接了不少訂單，當然不可能是竹絲筆的訂單，像這種無法量產的東西大家都清楚只能拍賣行見，但顯然封趣和薛齊是不可能把它拿出來拍賣的。就好像薛齊的爺爺曾經靠著兼毫鼠鬚筆打下了三端的招牌一樣，這支竹絲筆從此會是三端的另一個招牌。

結束的當晚，薛齊辦了個慶功宴，算是犒勞一下最近跟他們一起忙得不分晝夜的員工。

他大概真的很開心，重逢至今，封趣還是第一次看到他喝酒。他酒量小，以前是個禁不起激的人，現在似乎越來越懂得推杯換盞的生存之道了，能不喝就儘量不喝。

可是今天晚上，他看起來就像是放飛自我了。

封趣正想勸他少喝點，突然收到了一條訊息，是蕭湛傳來的：『出來一下，我有話跟妳說。』

她蹙了蹙眉，詫異地朝蕭湛看了過去，觸碰到她的目光後，他站起身，兀自朝餐廳外走去。

並沒有人注意到他的舉動，餐桌上的氣氛很熱鬧，他們在崔念念的領導下聚精會神地對薛齊灌酒，畢竟這位老闆難得這麼配合。

眼見薛齊正在跟人笑鬧，封趣抿了抿唇，起身走了出去。

她也有過短暫的猶豫，會下意識地想要逃避，但最終還是覺得她和蕭湛之間確實需要好好談談。

蕭湛正斜倚在餐廳門外，撲面而來的新鮮空氣讓他舒服了不少。當他聽見開門的動靜後，他不禁屏住了呼吸，直到確認是封趣後，他才重重地鬆了口氣，不由得揚起一抹微笑。

門口有三級臺階，封趣走了下去，盡可能跟緊挨著門的蕭湛保持距離，仰頭問：「你想說什麼？」

他有太多話想說，可在她那種幾乎沒有任何溫度的目光注視下，他突然就語塞了，不知道該從何說起，但又怕如果就這樣沉默，她會失去耐心，轉身就走，於是他把話語權丟給她：

「妳先說吧，既然妳願意跟我出來，應該也有話想跟我說吧。」

「那好，我先說吧。」她直勾勾地盯著蕭湛，問，「你到底為什麼要來三端？」

「因為妳。」

她並不對這個回答感到驚訝，畢竟在這之前薛齊就已經猜到了，她只是沒想到蕭湛在對她做了那些事之後，還能理直氣壯地把這個理由說出口。

為了她嗎？那親手把她推開的人又是誰呢？

「不管妳信不信，我只是想要告訴妳，我喜歡妳，早在妳說妳喜歡我之前，我就已經喜歡上妳了。」

多虧了他的提醒，她才想起來，他不止一次推開她。

她以前曾經跟蕭湛表白過，但他很明確地拒絕了，事到如今他說這種話簡直一點說服力都沒有。

這讓封趣忍不住哼出一記冷笑：「那你能不能解釋一下，你當初為什麼要拒絕我？」

「不如妳先解釋一下吧。」

她皺起眉心，不解地問：「解釋什麼？」

「為什麼喜歡看我做漆器時的樣子？」

「為什麼會覺得學金融的男人特別帥？」

「為什麼想要做『小紅刷』？」

「為什麼死抓著三端不放手？」

「回答不出來嗎？那我來替妳回答吧。」蕭湛自嘲地笑了笑，「因為薛齊。」

「是，我承認，我喜歡的確實一直都是薛齊這個類型的人，那又怎樣？這跟我喜歡你並沒有衝突，就好像一個人喜歡粉紅色，買所有東西都會下意識地挑選粉紅色一樣。」

「衝突在於我並不是他那個類型，而是為了妳逼著自己活成那樣。就算我跟別人在一起，妳也不會嫉妒；就算我對妳招之即來揮之即去，妳也不會生氣……倒不如說，這一切反而是妳所希望的，因為這樣才像他……」他定定地看著封趣，接著問道，「說起來還真是諷刺，是妳幫我擺脫了我爸的影子，但也是妳把我囚禁在了薛齊的影子裡……」

「別說了。」她突然啟唇，打斷了他。

「讓我說完吧，這些話我原本是打算這輩子都不說出口的，我寧可讓妳覺得我卑鄙，也不想讓妳看到我的卑微，可我還是不甘心……」他突然靠近，將額頭輕抵在她的肩上，無力地低喃，「妳能不能好好看我一眼？就一眼……」

「你喝醉了。」她聞到了一股濃烈的酒味，下意識地想要後退避開他。

可惜她沒能做到，他伸手緊緊圈住她的腰：「送我回去好不好……我好難受……」

封趣承認，她確實有點心軟了，但這種心軟跟男女之情無關，說是愧疚似乎也不恰當。

事實上，她還有些混亂。他說的那些事她確實沒辦法立刻給出答案，可這不代表他就可以把之前犯的錯歸咎到她身上，她要是不夠好、不夠一心一意，他可以說出來，而不是用這種方式來對待她。

所以不存在什麼愧疚，她只是沒辦法對像個孩子一樣無助的蕭湛置之不理。

她下意識地轉過頭，透過落地窗朝餐廳裡頭看去，視線不偏不倚地跟薛齊撞了個正著。

看起來，在她剛出來的時候他就已經注意到她了，並且一直在默默看著他們。

大概是她眼裡的求助色彩太過明顯，薛齊感受到了。片刻後他便起身走了出來，瞥了一眼蕭湛落在她腰上的那隻手，輕輕皺了一下眉頭，抬眸詢問封趣：「他怎麼了？」

「喝醉了。」

幾乎同時，蕭湛耍賴般地咕噥了起來：「嗯……頭好痛……我可能快要死了……」

薛齊瞪了他一眼，去死吧，立刻去死！

封趣有些無奈地道：「要不然，我先送他回去吧？」

「如果我說不要呢？」薛齊看著她問。

他的語氣很平靜，不像是命令，也不像是懇求，只是在表達他的想法而已。

封趣表現得很聽話：「那你先看著他，我去找個同事送他……」

話音未落，餐廳的門就被人用力推開。

崔念念跑了出來，自告奮勇地道：「我來，我來，把他交給我吧。」

她邊說，邊蠻橫地把蕭湛從封趣身上扯了下來，期間還不忘狠狠地打了幾下他的頭，心裡默念著——還給我裝醉！還給我裝醉！我就不信我還治不了你！

「妳沒喝酒吧？」封趣不太放心地問。

「當然沒有，我才康復，怎麼可能喝酒啊。」崔念念笑嘻嘻地看著封趣和薛齊，道，「剛好我也不適合太晚回去，就先帶他走了啊。」

封趣發現，崔念念是揹著包包出來的，估計剛才默默注視著餐廳外情形的人不只薛齊，還有她。

很快，崔念念便把蕭湛塞進了她停在街邊的車裡，整個過程中，蕭湛很不配合，以至於崔念念的動作極其粗暴，連拖帶拽，還用力地扯了幾下蕭湛的頭髮。

「她跟蕭湛到底有什麼仇什麼怨？」封趣忍不住問。

她覺得不是她多心，崔念念對蕭湛的態度很不一樣，卻又不像喜歡，硬要說的話……大概是咬牙切齒的喜歡？

「妳管那麼多。」薛齊不悅地瞥了她一眼，「妳管好我就夠了。」

「啊？」你多大了？輪得到我來管？

「我說你剛才到底是怎麼想的？要送也應該是送我回去吧！」

「可是你又沒喝醉……」

「一會兒總會醉的。」

喝醉這種事還能預約的嗎？少喝一點不就好了嗎？他是老闆啊，他要是拒絕的話，誰敢強行灌他？

崔念念的車才駛離餐廳沒多久，原本醉倒在副駕駛座上的蕭湛突然坐了起來，直挺挺的，就跟詐屍一樣。

崔念念瞄了他一眼，沒好氣地諷刺道：「喲，這麼快酒就醒啦。」

他沒有頂回去，只是定定地看著前方。

「我都跟她說了。」半晌後，幽幽的聲音傳來，透著濃郁的哀怨。

崔念念撇了撇嘴，漫不經心地回道：「看出來了。」

聞言，蕭湛忽然轉眸朝她瞪了過去：「那妳就不能識相一點嗎？沒看出來我就要得逞了嗎？妳半路殺出來幹什麼？」

「這……」崔念念一臉糾結地道，「還真的沒看出來。你當薛齊吃素的？他會讓封趣送你回去？以我對他的了解，你要是再鬧下去，他會強行把你打暈再報警，讓你在警察局度過漫漫長夜。即便這樣你還不能說，因為你得在封趣面前繼續裝醉，你要是露餡了，那兩個練蠱的人會聯手來整你，所以說……」崔念念一臉認真地道，「我剛才是在救你。」

「妳救我的方式就是抓我的頭髮？是想把我抓禿嗎？」

「哈哈……」崔念念忍不住大笑出聲，「你的頭髮那麼多，哪那麼容易被我抓禿啊。」

他自顧自地翻開副駕駛座前面的化妝鏡，打量了一下自己的頭髮：「還好，還是滿帥的。」

「你的心態還真好啊！」崔念念由衷地感嘆道，「失戀了，居然還有心情照鏡子。」

「誰說我失戀了。」

都這樣了，他感覺不出來嗎？

「我覺得我還有機會。」

「是什麼讓你產生這種錯覺的？」

「她心軟了。」

「那哪是心軟啊，只不過是每個正常人都會有的責任心好嗎！你們好歹相識一場，她總不能就那樣丟下你不管吧？」

蕭湛壓根就沒把她的話聽進去，興致勃勃地湊近她道：「我們聯手吧。」

「啊？」

「我看出來了，妳也喜歡薛齊，只不過是覺得自己沒希望了，所以就選擇幫他。可是如果我能追到封趣，那他身邊不就虛位以待了嗎？妳就可以乘虛而入了。」

崔念念沉默了好一會兒，溢出了一聲長嘆：「不可能的，就算沒有封趣，我也不可能的。」

「那是因為以前沒有我幫妳。」

「你不懂。」崔念念緊緊地抿了一下唇，哀怨地道，「我有病。」

「這我知道啊。」

「不，你不知道。」她重重地嘆了口氣，「你真的以為我之前只是得了漆瘡那麼簡單嗎？只是漆瘡的話怎麼可能那麼嚴重？看在你這麼誠心想要幫我的分上，我也不瞞你了，其實我有『莫吉隆斯症』。」

「什、什麼隆？」

「這是一種很罕見的病，據說是星塵號帶回來的外星病毒。」

演科幻片呢？

「不過也只是據說，總之，剛開始的時候從表面上看起來就只是普通的疹子，因為我的工作特殊，起初也一直認為是漆瘡，皮膚會特別癢，很難癒合，週期性發作，每次發作的時候都感覺像有寄生蟲在皮膚下面蠕動。現在症狀已經越來越嚴重了，發病的時候皮膚上會長出紅色或者黑色的纖維物，像頭髮，又像衣服上的纖維。」

蕭湛收起了剛才的吐槽，她說得太具體了，怎麼聽都不像是假的，他小心翼翼地問：「妳沒去醫院看過嗎？妳家不是很有錢嗎？應該能為妳請到最好的醫生吧？」

「沒用的，我之前去美國留學其實就是為了治病，可是那邊的醫生也束手無策，這個病在醫學界還有很多爭議，有些醫生甚至覺得我們皮膚下面根本沒有什麼寄生蟲，一切都只是患者的幻覺，他們還曾試圖把我關進精神病院。」

「那妳還幫薛齊做化妝刷？這樣豈不是會加重病情？」

「反正我也活不了多久了，醫生都說最多也就一年了，所以我已經決定在短暫的人生裡做自己想做的事，這樣起碼走的時候沒有遺憾。」

蕭湛不說話了，並不是因為這個話題沉重得他不知道該說什麼，而是因為難以相信！一個科幻的開頭，為什麼會有像韓劇一般的劇情？可萬一是真的呢？

所以，他決定先不發表任何意見，至少得先回去查查那個病。

他又問了一遍：「什麼症來著？」

「莫吉隆斯症。」

好的，他記住了。

◇

薛齊果然喝醉了。

封趣費盡曲折才把他扛回家，畢竟已經來過很多次了，她熟門熟路地把他扶進了臥室，還幫他脫了鞋，正打算幫人幫到底，順便幫他把外套也脫掉的時候，他驀地睜開了眼睛，目不轉睛地看著她。

那雙眼眸就像是有磁力般，牢牢地將封趣吸附住。

她不記得他們這樣對視了多久，他突然伸手把她拽了過來。

還沒等她回過神，就已經被他壓在了身下，封趣有些緊張，連舌頭都跟著打結：「你、你幹什麼啊？」

他跪壓在她身上，瞇著眼眸，歪過頭俯視著她：「妳能不能有點自覺？」

「什、什麼自覺啊？」

「離他遠一點行嗎？」

她本來想說以後不會了，今天只不過是想把話說清楚而已，話到嘴邊卻變成了埋怨：「我還以為你很從容呢……」

「從容？」他輕笑了一聲，邊脫去外套邊道，「果然得讓妳感受一下我忍得有多辛苦。」

「你不是喝醉了嗎？」從他剛才那一連串動作的靈活度及剛才那番話的思路清晰指數來看，他明明很清醒啊！

薛齊自顧自地俯下身，凝視著她，笑著道：「妳以為只有妳會裝醉嗎？」

明明頂著一臉禁慾的表情，語氣平靜，他的手卻很不安分地撩高了她的裙襬，試圖更加深入。

封趣猛地抓住了他的手腕，阻止他更進一步：「你、你這樣我根本無法好好說話……」

「嗯，妳想說什麼？」

「我……」

她的話音被他的吻吞沒，這是個火熱到讓她有些無法呼吸的吻。這架勢怎麼看都收不住了！

但讓她沒想到的是，他突然停了下來，在她耳邊低喃了一句：「別怕，我不會勉強妳。」

話音落下的同時，他退開了，翻身倒在她身旁，卻還是下意識地收緊手臂，把她往懷裡攬。

封趣愣了愣，一時有些反應不過來，再轉頭，才發現他的呼吸聲很均勻，眉宇間也沒有絲毫的情慾色彩，眼眸閉著，堪稱安祥……這是睡、睡著了？

這是沒有力氣勉強她才對吧？話說他根本就是喝醉了啊！

她呆呆地眨著眼睛，神情有些恍惚，回想剛才的吻，她發現那算不上勉強，她竟然一點都不覺得討厭。明明這也算不上是情到濃時、順其自然的發展，甚至可以說，他和蕭湛一樣，並沒有詢問過她的意願，她卻完全沒有被蕭湛強吻時的那種害怕，反而滿享受的。

這鮮明的對比讓她不得不正視一件事。

「我好像是喜歡你的。」她輕聲咕噥了一句，又默默地往薛齊懷裡鑽了鑽。

◇

封趣一直都知道薛齊酒量差，只是沒想到經過這些年居然越來越差了！

他鬧了整整一晚，一會兒說餓了，封趣沒辦法，煮了點粥給他，才弄好他就睡著了。要是他就這麼睡了也好，可是安靜了不到半個小時，他又突然坐起來說要吐。她費盡全力把他扶到洗手間，他刷了個牙、洗了個臉，繼續睡。再然後，他又抱著她死活不肯放手，絮絮叨叨地說起了小時候的事……在她終於體會到他有多喜歡她的同時，也終於睡著了，迷迷糊糊間只覺得窗外的天已經有些泛白。

醒來的時候，她正躺在薛齊床上，被子蓋得嚴嚴實實的。她還穿著昨晚的衣服，有些淩亂，皺得她都沒辦法直視。窗外陽光很刺眼，她緩了片刻才適應，轉眸打量起四周，薛齊並不在臥室裡。

她看了一眼手錶，已經是下午一點多了。

雖然睡了很久，但這一覺實在是睡得很累，她還清楚地記得睡著的時候薛齊一直摟著她，這奇怪的姿勢導致她有些落枕。

她也沒多想，掀開被子，翻身下床，邊揉著痠痛的脖子，邊打開了房門。

客廳裡，一屋子的人整齊地轉眸朝她看了過來。

她驀地一怔，傻傻地看著面前那些人。薛齊正坐在沙發上，一旁是施易，其他人她都沒見過。

「哎喲……」率先回過神來的是施易，他抬起手臂拱了拱身旁的薛齊，「你這傢伙不錯嘛，怪不得今天心情這麼好，這是被餵飽了啊！」

其他人也相繼反應過來，跟著起鬨。

「難怪還一直叮囑我們說話小聲點，原來是家裡藏了個人啊！」

「哈哈哈，你們看看他笑得有多浪……」

被提醒了之後，薛齊才收斂了一下臉上的笑容，清了清嗓子，一本正經地道：「別逗她了，嚇跑了你們賠嗎？」

封趣紅著臉，憤憤地瞪了他一眼，轉身跑回了臥室。

她其實想立刻跑回家，可是那樣的話就必須經過客廳，其他人她不知道，但施易絕對會抓著她不放！

封趣回房後，薛齊也沒了心思，主要是該聊的正事也聊得差不多了，他索性開始逐客：「就先這樣吧，之後的事等我確定了情況再討論。」

「好好好，現在是迫不及待要去哄老婆了！」

「行了行了，我們快點走吧。」施易很識相地從沙發上站了起來，邊整理資料邊衝著身旁的其他人道，「他都那麼久沒開葷了，我們得體諒一下。」

「是是是，不打擾不打擾了。」

其中一人還故意停下腳步，對臥室扯開嗓子喊了一句：「弟妹再見啊，改天一起吃飯！」

薛齊沒好氣地朝那個人瞪了過去。

施易連忙拉著人往門口跑：「快走吧，再不走，他可能就要用武力解決我們了。」

把人都送走後，薛齊確實有些急不可耐地朝臥室走去。

他打開門後，就看見封趣一臉哀怨地坐在床邊瞪他：「有人在你家，你為什麼不跟我說啊？」

「昨天鬧了妳一整晚，我以為妳起碼得睡到三四點。」他解釋道。

「鬧、鬧什麼啊……」這奇怪的措辭讓封趣越發不自在了。

「嗯？」很顯然，薛齊就是故意的，他綻開笑容，特意用格外曖昧的語氣道，「昨晚妳不覺得吵嗎？」

「比、比起這個……」封趣有些慌亂地岔開了話題，「他們是誰啊？」

「以前『中林』的同事，現在算是三端的投資顧問團吧。」說著，他在床邊坐了下來，「所以妳不用害羞，反正以後會經常見到的。」

「不是……你要是跟我說一聲，我就不會這樣跑出去了啊！」她不要面子的啊？

薛齊煞有介事地把她由上至下審視了一遍：「這樣有什麼問題嗎？」

「很丟人啊！」

「我覺得很漂亮。」

她沒想太多，脫口而出道：「你那是情人眼裡出西施……嗯？」

封趣意識到自己好像說了非常不得了的話。

「情人？」

「先、先不說這個了，他們找你是有什麼事嗎？」

這話題扯得非常生硬，但薛齊只是輕輕笑了一聲，並沒有窮追猛打，很配合地道：「文博會很成功，有家公司想投資三端。」

聞言，封趣驀地一震：「公司現在很缺錢嗎？」

「不缺，但融資是遲早的事。」

她微張著唇，有些欲言又止。

「妳是擔心我會重蹈我爸的覆轍嗎？」

「我不是懷疑你的能力，只是……」再厲害的人也難免會有失策的時候，凡事還是小心為妙。

「我明白，我會很謹慎的，這不是連顧問團隊都請來了嗎？」

「那是家什麼公司？」金融方面的事她完全不懂，可她還是希望自己可以幫薛齊。

「是家日本公司。」

「日本公司？」封趣沒辦法不往壞的方面想，她覺得薛齊也一定想到了。

但他什麼都沒說，只是對她挑了挑眉，那種勝券在握的表情讓她多少放心了一些。

◇

從施易給的報告來看，那家日本的投資公司底子很乾淨，跟增滿堂也沒有任何往來。為了保險起見，薛齊還是打算派人去看一下，至於派誰去，這是個問題。

於是，蕭湛嗅到了機會。

「我和封趣去吧，我們在日本待過，對那裡也很了解。你如果不放心我的話，還能有封趣盯著。」例會上，蕭湛當著全公司的面說出了這個提議。

表面上，這個提議沒有任何毛病，甚至堪稱合情合理。於公，薛齊沒有說「不」的理由，而蕭湛賭的也是薛齊當著這麼多員工的面，不會太過明顯地徇私。

結果，他賭錯了。

「你想得美。」薛齊毫不掩飾地回道。

這坦然的態度讓蕭湛胸口一悶。

其他人則紛紛打起了精神，這個原本讓人意興闌珊的例會頓時充滿了激情。

「不過你說得也有點道理。」薛齊煞有介事地想了想，道，「我陪你們一起去吧。」

「我也要去！」崔念念自告奮勇地道。

薛齊沒好氣地白了她一眼：「妳去了公司怎麼辦？」

「呃……」崔念念一臉哀怨。

「老規矩，化妝刷那條線妳來盯著，毛筆那邊就交給童佳芸吧。」

「啊？」第一次被委以重任的童佳芸有點受寵若驚，但機會難得，她自然不願意推掉，「少東家請放心！我一定會盯好的！」

「嗯，就這樣，散會吧。」薛齊根本就不給蕭湛任何反駁的機會，說完就自顧自地站起身，不發一言地朝封趣看了過去。

她很識相地站起身，緊跟在薛齊身後走出了會議室，顯然是把他那句「能不能離他遠一點」

放在了心裡。

蕭湛一直沒動彈，直挺挺地坐在椅子上。奇怪的是，就連他身旁的崔念念也沒動，只是臉上的表情有些奇怪。

直到會議室的人都走光了，崔念念這才吼道：「你神經病啊！抓著我的手幹嘛？」

「我有話跟妳說。」蕭湛啟唇道。

「跟我？」崔念念有些意外，一臉驚悚地看著他道，「蕭湛，你該不會是被那兩個人秀恩愛秀傻了吧？你看清楚啊，我不是封趣啊！你跟我有什麼好說的啊？」

「我當然知道妳是誰……」蕭湛白了她一眼，語氣卻很軟，甚至還透著擔憂，「妳把真相告訴薛齊吧。」

「啥真相啊？」她一時有點反應不過來。

「就是妳那個病。」蕭湛特意去查了，竟然還真的有那個聽起來非常扯的病！

崔念念差點就忘了這齣！幸好她很快就進入了狀態，溢出一聲嘆息，道：「告訴他幹嘛呢？現在這樣不是滿好的嘛。」

「好什麼好？妳這種身體狀況，哪有空替他盯著公司？」在薛齊提出這個安排的時候他就想反對了，考慮到了崔念念的意願，他好不容易才忍住的。

「放心吧，死不了。」崔念念不以為意地撇了撇嘴。

「妳到底圖什麼？封趣為了薛齊犧牲自己，那好歹還是有回報的，至少薛齊是真的把她當成一回事。妳呢？妳為了他連命都不要，可人家連看都不看妳一眼！」

「你有病吧？」崔念念覺得他完全就是在遷怒，「我想為誰犧牲是我的事，輪得到你來管？」

「隨便妳，死了拉倒。」他猝然起身，丟下氣話，大步朝著會議室外頭走去。

一言不合就咒她死？這個男人太差勁了！

◇

蕭湛還是很有理智的，拒絕吃「狗糧」，所以就連航班都沒有選擇跟封趣、薛齊同一班。他提前一天到了大阪，當然也沒有下榻封趣和薛齊住的那家飯店，而是選擇住在自己家。

薛齊和封趣是中午到的，約了下午三點去那家公司看一下，剛好還能一起吃晚飯。

準備出門時，封趣突然接到警察的電話，得知蕭湛出了車禍。

「發生什麼事了？」眼看她掛斷電話時臉色很凝重，薛齊不禁有些擔憂。

「他們說蕭湛出了車禍……」她皺著眉頭，臉上的情緒看起來有些複雜，擔心的確是有的，畢竟朋友一場，但更多的是懷疑。為什麼那麼巧？偏偏是在這種時候？

「他們是誰？」

「警察說是在他手機通訊錄的最近聯絡人裡找到我的，給了我醫院地址，要我過去。」

薛齊想了想，問：「很嚴重嗎？」

「沒說……」她還是第一次接到這種電話，也不知道一般來說，警察是否會把車禍傷情說明白，總之目前聽來，這通電話並沒有什麼奇怪的地方。

「說不定有什麼事……」薛齊咕噥了一句，很快就做出了決定，「妳先去醫院。」

「你要一個人去那家公司嗎？」

「放心，只是去看一下情況，又不是要當場確定什麼。」

「說得也是……」封趣猶豫了一下，「那你那邊如果有什麼事，就打電話給我。」

他好笑地揉了揉封趣的頭：「能有什麼事？」

「這可不好說，日本山口組人多勢眾，萬一那家公司有相關背景呢？」

「妳的腦洞還真大啊。」

「哎呀，反正你要是覺得有什麼不對勁就趕緊撤，知道嗎？」

薛齊沒再搭理她，強行把她塞進了在飯店門口等的計程車裡。關上車門前，他叮囑了一句：

「我讓妳去只是出於人道主義精神，給我把心看好了。」

「要是看不好呢？」封趣有些故意地問。

「還真的沒想過。」他挑了挑眉，道，「要不然妳試試？」

「那我就不客氣了啊。」

薛齊失笑出聲，不逗她了：「我這邊忙完了聯繫妳。」

「嗯。」她點了點頭。

警察說的那家醫院距離蕭湛家並不遠，看起來他當時可能剛出門。

趕到醫院後，封趣直奔急診，看見有幾個警察站在那裡，便跑上前詢問。

蕭湛的情況並不算嚴重，聽說只是短暫昏迷了一陣子，醫院這邊幫他做了詳細的檢查，並沒有內傷，只是手臂扭傷了。他是全責方，被撞的人是三十多歲的家庭主婦，倒也沒什麼大礙，就是被嚇得不輕，連話都說不清楚了，根本無法談賠償。

對方的丈夫正在趕來的路上，封趣只好陪著蕭湛一起等。過了半個多小時，主婦的丈夫終於到了。

主婦的丈夫一來就忙著向警察鞠躬道歉，覺得自己給別人添麻煩了，對蕭湛的態度也相當客氣。這當然也是因為蕭湛非常爽快，幾乎滿足了他們所有的賠償要求。

等整件事解決完，已經是傍晚六點多了。

薛齊那邊傳來訊息說一切順利，正在跟那家公司的代表吃飯。

封趣放心了不少，索性把蕭湛送回家。再怎麼說他現在也是個傷殘人士，她總不能就這麼丟下他不管吧？但她還是很謹慎，為了避免上次那種不愉快的事再次發生，特意把蕭湛家的地址傳給了薛齊。

讓她沒想到的是，她剛到蕭湛家沒多久，薛齊就到了。很明顯，他是提前結束飯局趕來的。

蕭湛顯然不怎麼歡迎這個不速之客，甚至懶得招呼，有些故意地轉頭對封趣道：「我餓了，想吃麵。」

「你想吃麵跟她說幹什麼？」薛齊不悅地嗆聲說道。

蕭湛揚了揚那隻綁著繃帶的手：「我的手受傷了啊，不跟她說難道跟你說嗎？」

薛齊語塞了。

要他去伺候蕭湛是絕對不可能的，為了不讓局面這麼僵持下去，封趣打了圓場：「行了，我去幫他煮碗麵吧。」

薛齊撇了撇嘴，走到客廳沙發邊坐了下來：「多煮一碗，我也餓了。」

「你不是剛和投資商吃完飯嗎？」蕭湛沒好氣地道。

「沒吃飽，不行嗎？」

封趣白了這兩人一眼，懶得搭理，反正對她來說，煮一碗也是煮、煮兩碗也是煮，並沒有太大的區別。

很快，薛齊就發現了一件事——封趣對蕭湛家非常熟悉，可見以前常來。

而蕭湛還擔心薛齊察覺不到這一點似的，特意道：「她以前有事沒事就愛往我這裡跑。」

煩不煩！薛齊忍著沒有接話。

即便如此，還是沒能換來蕭湛的沉默，他自顧自地道：「但我沒事也老愛往她那裡鑽。」在那之後，蕭湛完全不顧薛齊的反應，就好像只是想找個人傾訴似的，絮絮叨叨地說了不少他和封趣以前的事。

薛齊的確很想知道他和封趣分開的這七年裡她過得怎麼樣，但並不想從蕭湛那裡聽說，他數次想打斷蕭湛，可惜都沒成功。

終於，封趣煮完麵了。她緩步從廚房裡走了出來，對他們說道：「自己去端，我端不了。」

「我的手受傷了。」蕭湛又祭出了他那隻行動不便的手。

薛齊吐出一口氣，默默起身走進了廚房，片刻後他端著兩碗麵走出去，將其中一碗重重地放在蕭湛面前。

蕭湛不以為意地看了一眼薛齊：「謝啦。」

薛齊咬了咬牙，悶聲在他對面坐了下來，正要開動，蕭湛又發出了擾人的聲音。

「還是跟以前一樣好吃。」他仰起頭看著封趣，笑得很燦爛。

「是嗎？那就多吃點。」她笑著拉開薛齊身旁的椅子，若無其事地轉頭對著薛齊道，「你怎麼不吃啊？喔，也對，我煮的麵你都吃十幾年了，估計是吃膩了吧。」

這句話讓飯桌邊的兩個男人同時一頓，不同的是，蕭湛忍不住皺起了眉頭，心口一陣抽痛；

薛齊則彎起了嘴角，心口一陣悸動。

封趣就像是完全沒察覺到自己的話裡透著什麼資訊，目光又一次轉向了蕭湛，閒聊般道：「說起來，你想聽我和薛齊以前的事嗎？我能說上一輩子。

所以你最好別想太多，我來醫院找你也好，送你回家也好，替你煮麵也好，都是出於朋友之間的關心，沒有其他意思，況且，這還是薛齊讓我來的。」

和蕭湛一樣，薛齊始終沒說話，默默地埋頭吃著麵，他覺得這碗麵特別好吃。

第十章　生來就註定是手下敗將

薛齊的心情好到吃完麵，還幫蕭湛把碗洗了，告別的時候也格外有禮貌。

在封趣看來，直到跨進電梯之前，薛齊都很平靜，就是嘴角一直掛著笑容，除此之外，並沒有太過明顯的情緒。

然而，電梯門才關上，他就倏地伸手把她拽進懷裡，輕聲道：「張嘴。」

她很聽話，不只微微啟唇，還踮起腳主動吻住了他。

這個動作確實有些出乎薛齊的意料，他略微愣了一下，然後就卻之不恭了。

他能清楚地感覺到她有太多情緒試圖透過這個吻傳遞給他，交纏的唇舌就如同奔流的洪水，差點將守衛著薛齊理智的堤壩沖垮。就在他預感到即將失控時，他竭盡全力結束了這個吻，但仍未捨得放開懷裡的她。

這一番天人交戰讓他有些疲憊，他喘息著，額頭輕輕抵在封趣的額頭上。

緩了片刻後，他才啟唇道：「我看妳不只是好像喜歡我那麼簡單吧？」

「你、你都聽到了？」先前的紅暈還未完全從她臉上褪去，他的這句話又讓它加深了。

封趣想起了他喝醉的那一晚，明明都醉成那樣了，為什麼還能聽到啊？

他輕輕笑了一聲：「這麼重要的話怎麼能錯過？」

「都聽到了，你為什麼不說啊？」這都隔了多少天？他到底是怎麼忍住的？

「該說的我都已經跟妳說過了，妳還想我說什麼呢？」

是啊，他說過喜歡她，也說過會等她，所有的想法他都已經毫無保留地告訴她了，就好比他們之間曾經隔著一百步的距離，他已經朝她邁出了九十九步，這最後一步無論如何都該由她邁出。

「妳有什麼想對我說的嗎？」他問。

「我喜歡你……」

最近她也想了很多，從某種意義上來說，甚至還得感謝蕭湛，是他讓她意識到了她喜歡的人一直都是薛齊。

還記得她六歲時，爸爸在帶她去薛家的路上反覆對她說：「薛家是主，我們是僕，去了那邊妳得聽話，有什麼事就儘量幫忙做，要守好本分，千萬別有什麼逾矩的想法。」

這番提醒在年幼的封趣心裡紮了根，她想，她可能是早就喜歡上薛齊了，只不過礙於身分，不敢妄想。於是她不斷尋找替代品，起初是印好雨，再後來是蕭湛，她只敢在別人身上尋找薛齊的影子，卻不敢去肖想他，因為她得恪守本分。

想到這裡，她深吸了一口氣，又忍不住補充了一句：「不是『好像』，我非常確定我是喜歡你的。」

薛齊目不轉睛地看著她，已經記不得這句話他等了多久，他也曾幻想過很多次如願以償的那一刻會是怎樣的心情，真正到了這一刻他才發現那種滿足是難以言喻的，他唯一能做的就是遵循本能。

「晚上要不要去我的房間睡？」

「嗯。」

◇

封趣直到天亮才睡著，這一個晚上具體經歷了些什麼，她並不想回憶，總之，她必須收回曾經的話——薛齊果然一點都不從容，他的確是快要憋壞了。

總感覺沒睡多久她就被手機鈴聲吵醒了，迷迷糊糊間，她摸索到了丟在床頭櫃上的手機，習慣性地看了眼來電顯示。事實上她並沒有看清楚，只是本能地接通了電話。

『妳的房號多少？』

一陣詢問聲從手機裡傳來，聽起來像是崔念念的聲音。

封趣也沒多想，隨口報了房號。

『好，那我現在就上去找妳。』

現在就上來？封趣瞬間清醒，把手機挪到面前又確認了一下，是崔念念沒錯。

她猛地坐起身來：「什麼情況？妳在日本？」

『對啊。』

「不是……妳怎麼跑來日本了？」

『先不說了，我要進電梯了，等一下上去再跟妳細說。』

話音剛落，她就掛斷了電話。

封趣怔了好一會兒，雖然上次也算是陪薛齊在醫院照顧了崔念念幾天，但她們的交情仍然算不上太好。畢竟在那之後，她們見面的機會也不多，只不過崔念念一直都是很小心的人，自從她和薛齊之間的那個「八」字逐漸有了一撇的苗頭後，崔念念也不再做那些故意氣她的事了，跟薛齊很小心地保持著朋友之間該有的距離。就好比現在，崔念念是不會跑到薛齊的房間去的，只會找她。

問題是，她現在根本就不在房裡啊！

她顫了一下，猛地回神，迅速翻身下床。

顯然，她忽略了一點，痠痛重災區就是她的雙腿，正因為毫無心理準備，以至於她都來不及站直就一下跪在了地上。

這個動靜讓薛齊猛地驚醒，他幾乎是本能地朝她的方向看了過來，聽到她痛得倒抽涼氣，連忙起身：「怎麼了？」

「快、快起來……」封趣邊說，邊費力地從地上爬了起來，靠著有些奇怪的走路姿勢撿起了散落在地上的衣服。

薛齊不悅地蹙起眉心：「妳這是要去哪裡？」

「回房啊！崔念念來了！」

「她來做什麼？不是要她待在國內看著嗎？」

「我怎麼知道啊，總之我得趕緊回房，她說她在電梯裡了，應該馬上就到了……」

「封趣。」他輕輕喚了聲，打斷了她的話。

「啊？」

「有個問題我覺得有必要確定一下。」

她停住了動作，看著他問：「什麼問題？」

「我們算是在一起了吧？」

「算、算啊……」他們都已經這樣了，還能不算嗎？

「那妳怕什麼？我們都確定關係了。」

「話是這麼說沒錯，可是……」她總感覺不太好意思。

「別可是了……」他翻身下床，走到她身旁把她抱了起來，小心翼翼地放回床上，「妳再睡一會兒，我去應付她。」

「也是……」她這身體狀況，也確實沒有力氣見人。

薛齊沒急著轉身，而是笑看著她問：「不給我個早安吻嗎？」

她抿唇偷笑，試著伸手摟住了他的脖子，他很配合地俯下身，方便她在他的嘴角印上淺吻。淺淺一吻就夠了，他也不敢更進一步，繼續下去會出事。

「再睡一會兒。」他直起身，揉了揉她的頭。

薛齊把崔念念拖到了飯店樓下的大廳。

起初崔念念也沒多想，邊攪弄著面前的咖啡邊隨口問了句：「怎麼就你一個人？封趣呢？」

「在睡覺。」

「都已經中午了，還在睡？我剛才打電話給她的時候，她的聲音聽起來滿清醒的啊。」

「那是被妳嚇的。」

「我又不是什麼洪水猛獸……」話說到一半，崔念念忽然意識到了不對勁，「你怎麼知道？你們……剛才睡在一起？」

「嗯。」薛齊並不想說太多，這畢竟是他和封趣的私事，點到即止，只要崔念念能聽懂就行了。

當然了，基本上把話說到這裡個程度，只要不是傻子都能聽懂了。

「哎喲……」崔念念曖昧地沖著他挑了挑眉梢，「恭喜啊，你這是終於守得雲開見月明啊。」

「謝了。」

「這麼說起來，蕭湛呢？」

「他沒住這裡。」

「不是，我的意思是，他知道你和封趣在一起了嗎？」

「算是吧。」雖然不能說是明確知道，但封趣昨晚的那番話應該已經足以說明很多事了。

「那他還好吧？」

「這麼關心他，妳自己去看一下不就知道了？有需要的話，我可以把他家的位址給妳。」

「誰關心他了……」崔念念沒好氣地嗤了一聲，卻心虛地避開了薛齊的目光。

口是心非，這四個字清楚地寫在了崔念念的臉上，然而薛齊無意揭穿她，反而很配合地岔開了話題：「說起來，妳為什麼跑來日本了？」

「我正好有作品在這裡展出啊，我來看一下。」

「妳隔三差五就有作品在世界各地展出，也沒見過妳每次都要去看一下。」

「哎呀，這不是正好你們也都在日本，我順便來玩玩嘛。」

「玩？」薛齊輕輕瞪了她一眼，「妳就這樣丟下三端跑來玩？」

「放心吧，公司那邊我都安排好了。再說了，你是不知道，那個印好雨天天往三端跑，那邊根本就不需要我。」

「他來三端做什麼？」

「還能做什麼？嘴上說來看他弟弟，結果成天黏著童佳芸，我就是不想待在那裡當電燈泡才跑來日本的，誰知道漂洋過海，還要繼續當電燈泡。」她煞有介事地長嘆了一聲，接著表現出了跟她的個性極其不符的善解人意，「你等等就上去陪封趣吧，不用管我了，我自己想辦法會打發時間的。」

「那我把蕭湛家的地址傳給妳。」薛齊掏出了手機。

「都說我沒有要去找他啦！」

「來都來了，反正妳也沒什麼事做，乾脆就幫我去盯著他吧。」薛齊很貼心地替她找了個臺階下。

「你倒是很會利用人啊。」

「不願意就算了……」說著，他作勢要把手機塞回口袋裡。

見狀，崔念念急了：「我也沒說不願意啊！」

崔念念本以為會見到一個格外糟糕的蕭湛，一般人失戀不是都會借酒澆愁、一蹶不振之類的嗎？

結果非但沒有，前來開門的還是個女人！

一個長相平平、看起來甚至不怎麼起眼的女人，就連打扮也很普通，穿著白色的毛衣、素色長裙，她身上唯一不普通的地方就是她居然圍著圍裙！儼然一副女主人的架勢啊！

「不好意思，我是來找蕭湛的，妳是他家的保姆嗎？」崔念念有些故意地問道，她當然知道眼前這個女孩無論氣質還是年齡，都不可能是保姆。

她以為自己這番話會讓對方很不悅，可是面前的女孩始終噙著笑容，沒有絲毫動怒，輕聲細語地回道：「算是吧，我是蕭湛的助理，叫羅夏可，妳跟蕭湛一樣叫我小可就行了。他生活上的各種雜事我都得負責，也跟保姆沒什麼差別了。」

這女人段位很高啊！

「妳先進來坐一會兒吧，蕭湛在洗澡，應該很快就好了。」

崔念念的勝負欲被激起來了，她衝著羅夏可笑了笑：「好啊。」

她走了進去，沒給羅夏可招呼她的機會，自顧自地脫了鞋，光著腳走到客廳沙發邊坐了下來。

「妳要喝點什麼嗎？」羅夏可輕聲詢問道。

「哎呀，妳不用忙了，我要是想喝什麼會自己倒的。」

「我怕妳不知道杯子放哪裡。」

「那就找，多大的地方，還能找到渴死不成？」

「那多麻煩，我直接幫妳拿就行了。」

「不麻煩，我也是第一次來蕭湛家嘛，剛好還滿想參觀一下的。」

「那要不要我帶妳參觀……」

「不需要。」崔念念窩在沙發裡，優雅地交疊起雙腿，冷冷地看著她道，「我直說吧，我不太喜歡妳，妳能不能別在我眼前晃了？」

羅夏可已經不記得應付過多少個纏著蕭湛不放的女人了，但這種類型的她還是第一次遇到。她確實有些意外，但很快就回過神來了，像這種自視甚高的人並不難對付。

身後傳來輕微的開門聲，她定了定神，轉頭看過去。

蕭湛邊擦頭髮邊從浴室裡走了出來，見到坐在沙發上的崔念念後，不由得一愣：「妳怎麼來日本了？」

還沒等崔念念回答，羅夏可就著急地道：「那個……你們先聊，我就不打擾了，這位小姐說她不喜歡我，要我別在她眼前晃……」

哎喲，這女人還真會告狀啊？崔念念不著痕跡地哼笑了一聲，眨眨眼睛，擠出一副隨時快要哭出來的表情，對蕭湛道：「我剛才去過飯店了，看到他們在一起……我難受，你能陪陪我嗎？」

這種難受蕭湛感同身受，他輕輕「嗯」了一聲，轉頭對羅夏可道：「妳先回去吧。」

這顯然出乎羅夏可的意料。

她愣了愣，看著蕭湛的眼裡充滿了未加掩飾的震驚。可是最初提出要先走的偏偏又是她，事已至此，她只好默默收拾東西離開。

臨走時，她清楚地看到崔念念朝她露出了得意的微笑。她緊咬著牙關，雙拳緊握，看向崔念念的眼神就像是下了毒。

這眼神讓崔念念覺得心驚，直到房門關上她才回過神來，詢問起了一旁的蕭湛：「你這助理是從哪裡找來的？」

「我媽以前的學生，很老實的一個女孩子，怎麼了？」

「呵，老實。」崔念念好笑地哼了一聲，轉念一想，這畢竟是蕭湛的事，她也管不著，「沒什麼，就隨口問問嘛，不談她了，我正好有作品在京都展出，陪我一起去看吧。」

蕭湛狐疑地瞥了她一眼：「妳不是難受嗎？」

「對啊，所以才要去嘛，去看看自己正在展出的作品，想想我這個才貌雙全的女人要什麼樣的男人沒有？說不定心情就好了呢。」

這理由聽起來頭頭是道，蕭湛輕易就被說服了。

崔念念去過很多地方，唯獨日本她只有在小時候跟父母來過一次，意識到被蕭湛騙了之後，她便連同他所在的日本也一起討厭了。當時她還想，除非是復仇之日，否則打死她都不會再踏上這片土地。

說起來，彷彿是冥冥中註定一般，她還是來了，而此刻陪在她身邊的人居然是蕭湛。

從大阪到京都坐特快列車也就一個小時，她就像個孩子般一直把臉貼在窗戶上，好奇地打量著外頭的景色，時不時拽著一旁的蕭湛分享感受。

總之，怎麼看她都不像心情不好。

又或許她只是在強顏歡笑吧？蕭湛這麼一想，縈繞心頭的疑竇也退去了。

崔念念說的那個展覽在現代美術館，展品並不算多，只開放了兩層樓，一樓大多是日本大師的作品，對兩個同樣愛好漆器的人來說，這種展覽簡直就像是老鼠跌進了米缸裡，光是一樓他們就逛了一個多小時。崔念念的作品在二樓，被擺在所謂的國外作品區，整個區域很小，作品也都展示得很侷促，從展品簡介牌上的名字來看，這裡大多是一些來自中國的漆器作品。

她的作品是一個泥金畫漆的茶葉罐，造型很別致，開口處就像旗袍的領子，上頭勾繪著幾片金色的茶葉。

這種工藝和日本的蒔繪很像，而中國這邊普遍認為蒔繪起源於唐朝的「末金縷」，又混合了後來的泥金畫漆，但日本這邊普遍覺得這是由日本自創並獨有的漆藝。

蕭湛一直都覺得這種爭論毫無意義，他討厭凡事都要追溯起源，這或許與他的出身有關。但他也確實不認同很多漆器愛好者區分不出這兩種工藝，每每見到中國的泥金畫漆就認為是在模仿日本的蒔繪，比如面前的那兩個人。

他們煞有介事地對著崔念念的作品評頭論足，最後甚至上升到了「中國漆藝已經沒落到無法跟日本比」的高度。

就在他憋不住想要說些什麼的時候，崔念念忽然攔住了他：「隨他們去吧，他們說他們的，我又不會少塊肉，作品還不是照樣能進他們的美術館展出。」

蕭湛有些意外地看向她：「妳聽得懂日語？」

「不太懂，不過有些話聽多了自然就懂了。」

所以諸如此類的話她到底聽過多少遍？

「我第一次聽到這種話的時候是在美國，有個日本留學生十分不屑地說我的東西就是在抄襲他們日本的漆器，我差點跟他吵起來，後來被薛齊攔住了，我也是那時才聽他提起三端的事。我們得承認，在傳統文化的保護和傳承方面確實做得沒有人家好，三端之所以被收購，固然有一部分原因是薛齊爸爸經營不善，但那個時候整個毛筆市場都很蕭條，這才使得薛齊他爸爸不得不做化妝刷來打開年輕人的市場，然後就被增滿堂盯上了。

不過現在好了，國學復興，有好多小孩子很小就開始學書法、學國畫、學民樂，漆藝也是呢。我看我師父現在有好多學生是小孩子……」生怕蕭湛再衝動，崔念念邊說邊把他拖離了那塊展區，「所以沒什麼好爭論的，我們只要能認認真真把自己擅長的事情做好，現實早晚會打他們的臉的。」

這個說法蕭湛並不是那麼認同：「我接觸過很多日本的漆藝大師，他們並不會在乎什麼中國、日本的，只看好壞。」

「你也說了是大師嘛，我可沒那麼高的境界，還特別膚淺，說什麼只看好壞，我還是希望全世界都知道這些好東西是我們的。」

「然後呢？」

「什麼然後？」崔念念不解地看著他。

「知道是我們的了，然後呢？妳就多塊肉了？」

「這不是多不多塊肉的問題，是民族自豪感啊。」

「能當飯吃？」

他們果然是話不投機半句多！

蕭湛雖然嘴上說著那些不以為意的話，但事實上，他或多或少還是有些被崔念念影響了。民族自豪感這種東西，坦白說，他還真的沒有認真考慮過，可是冷靜下來想想，他才突然發現有些東西的確是不需要刻意去考慮，而是與生俱來的。

就好比他在聽到別人說泥金畫漆模仿蒔繪時會感到不悅，甚至還差點跟那兩個人爭論。他其實並沒有自己想像的那麼不在乎，只是他的生存環境不允許他在乎……而他似乎也從未想過要去改變什麼，習慣了奉承、討好。哪怕是他對一些主流觀點有意見，也會選擇沉默，不願去做那個異類，所以他才做不到像崔念念一樣把漆藝當作一種信仰去對待，又或是像薛齊和封趣他們一樣固執地堅守著三端。

封趣曾說過的「民族品牌」，直到現在他才隱隱有些明白。

當天晚上他就約了薛齊見面，他知道，自己這個行為可能只是一時衝動，也許只需要睡一覺這種衝動就會蕩然無存，但他還是決定趁著這股衝動去做些什麼。

見面地點在薛齊下榻的飯店附近，是家居酒屋，他特意在微信裡說想跟薛齊單獨聊。

慶幸的是，薛齊單獨赴約，並沒有把封趣帶來。

老實說，蕭湛還沒有做好心理準備接受她和薛齊的關係，若是真的見到他們兩個手牽著手出現，他的衝動可能會被妒恨吞噬。

「想聊什麼？」薛齊率先打破了沉默。

「那家投資公司有問題。」蕭湛開門見山，趁著自己還有勇氣，速戰速決。

薛齊微微蹙了一下眉，問：「什麼問題？」

「增滿正昭猜到了你融資只可能是一個目的，那就是對付增滿堂，他想讓你搬起石頭砸自己的腳。」

「所以你來三端的目的是促成我和那家公司合作？」

「嗯……」

薛齊輕笑了一聲：「我猜增滿正昭應該不會在你剛偷了我們的創意之後派你來做這種事，是你主動請纓的？」

蕭湛默默點了點頭。

「那為什麼現在又要告訴我真相呢？」薛齊問。

「我不想玩了。」

「嗯？」薛齊不解地哼了一聲。

「我曾經真的很討厭你，即便是在你消失的七年裡，你仍然一直活在我和封趣之間。我以為把三端賣了，就能徹底把你從她心裡剷除，可你為什麼偏偏要在這個時候回來呢？你讓我覺得我好像生來就註定只能是你的手下敗將，我竭盡全力，你卻還能輕輕鬆鬆地贏我，我不甘心，所以向增滿正昭主動請纓。我知道你始終防著我，所以那天你去那家投資公司的時候我故意出了車禍。我甚至想過反其道而行，讓你覺得那家公司有問題，也許你反而會上鉤，但我突然想不出繼續下去的理由了。」

「你這是打算正式放棄封趣了嗎？」

「不放棄還能怎樣？」蕭湛苦笑了一聲，繼續道，「更何況，我們都清楚，我們之間的鬥爭早就跟封趣沒有多大關係了，我純粹只是想要用贏你來證明自己而已。」

「那是你的想法，對我而言，如果我們不是情敵，完全可以做朋友。」

「朋友？」蕭湛笑出了聲，「你還真放心，不怕我又坑你嗎？」

「那就互相納個投名狀吧。」

蕭湛愣了愣，竟然對這個提議有幾分心動：「怎麼納？」

「我先來好了。」薛齊直勾勾地看著他，道，「那家投資公司已經沒有問題了。」

「什麼意思？」

「想知道？」薛齊揚了揚眉，「那接下來就該你來納投名狀了，你告訴增滿正昭，我上當了，打算跟那家公司合作，等資金鏈充足之後，我就會對外宣布三端要收購增滿堂。」

蕭湛很快就明白了他的意思：「你想上演蛇吞象？」

「你覺得我吞得了？」

「難。」

「那吞他個象牙呢？」

「呃……」

「有沒有興趣一起玩？」

「我有什麼好處嗎？」

「沒有，圖個痛快罷了。」

「玩吧。」

該怎麼說呢？也許薛齊是無意的，也許是真的能夠看透人心，總之，蕭湛迄今為止的人生中唯獨缺了「痛快」二字。

面對他爸，他隱忍自卑、甚至一度差點自棄，始終沒能痛痛快快地鬧過一場。

面對封趣，他瞻前顧後、算計得失，始終沒能痛痛快快地愛過一場。

面對增滿正昭，他違心屈就、小心謹慎，始終沒能痛痛快快地活過一場。

或者，他對薛齊的恨意更多源自羨慕，羨慕薛齊能時隔這麼多年逆襲反撲，羨慕他的酣暢淋漓。

◇

封趣一直等到半夜十二點多才把薛齊等回來，在這期間，她把各種最壞的情況都想了一遍，甚至包括蕭湛一怒之下殺人埋屍，差點就想報警了！以至於當薛齊終於回來時，她激動得撲過去就是一個擁抱。

薛齊下意識地接住了她，任由她像隻無尾熊似的賴在他身上，笑著調侃：「就這麼想我嗎？」

「是啊……」熟悉的氣味讓她安心了不少，她跳了下來，仔細檢查起他的身體，「你沒事吧？沒受傷吧？沒跟他打架吧？」

「小孩子才打架，成年人只會悄無聲息地把對方玩死。」

「……所以你把蕭湛玩死了？」

「心疼了？」

「跟你說正經事呢！」

薛齊脫去外套，在套房客廳的沙發上坐了下來，順勢把封趣拉進懷裡，讓她坐在他腿上：「什麼事都沒發生，只是聊了一會兒而已。」

「這哪是一會兒啊！你看看現在都幾點了……」她拿起薛齊的手腕，戳了戳他的手錶，「你們聊什麼聊了近五個小時啊？」

「聊接下來該怎麼跟增滿正昭玩。」

封趣微微一愣：「他都跟你坦白了？」

「嗯。」

「你也跟他坦白了？」

「禮尚往來嘛。」

「往來個頭啊，你就不怕他們還有個局中局嗎？假裝對你坦白，誘騙你說出計畫，最終把你玩死。」

「嗯，也不是沒有這種可能。」他當然也想到了這種可能性，「但我寧願相信人性本善。」

「你這麼天真會吃虧的！」

「吃不了，不是還有妳在嘛。」他將頭埋在她的髮間，嗅著那股淡淡的香氣，感覺分外踏實。

「算了吧……」封趣沒好氣地推開了他的頭，「說你天真，還真的給我無邪起來了啊？就你還能吃虧？還能相信什麼人性本善？我呸，根本就是因為蕭湛是枚必不可少的棋子。當初你之所以答應讓他來三端，就是算好了也許遲早有用得到他的那一天。」

薛齊失笑出聲：「妳都知道，還擔心什麼？」

「嗯……」她支吾了一會兒，道，「蕭湛其實也滿可憐的，你也別太過分了。」

「妳果然還是在心疼他啊。」

「不是……我是擔心你……」

他很快就明白了封趣的意思，輕聲給出承諾：「說是棋子，但我絕不會利用完就丟，也做不出棄車保帥的事，放心吧。」

「嗯……」她抿了抿唇，突然轉過身，伸出雙手捧著他的臉頰，一本正經地道，「你要記住，你是屠龍的人，千萬不能慢慢長出龍鱗來。」

「要是真的長出來了，妳就幫我刮了吧。」

「會很痛喔，萬一你到時候痛到開始討厭我，甚至恨我了怎麼辦？」

「我又不是沒恨過妳。」

「呃……」

「但我總會一次又一次地重新愛上妳。」

「這輩子我大概是逃不出你的手心了。」

「我還不是一樣。」

尾聲　外面的世界太危險

三端與增滿堂中國分公司長達一年半之久的控股權大戰終於落下帷幕，說不清到底是誰輸誰贏，雙方的一系列操作被金融圈看作教科書式的演繹，甚至被當成蛇吞象的經典案例。

不少財經媒體想要做出更為深入的獨家報導，最終當然還是吳灡占據了得天獨厚的優勢，讓我聞又賺了一大波點擊率和轉發量。

我聞的這篇報導格外深入地梳理了整件事。

首先，當然得從增滿堂中國分公司的背景說起。當年增滿堂進入中國市場時，增滿正昭為了能夠讓分公司在中國獨立上市，與諾康投資合作，諾康一直都是增滿堂中國分公司背後的最大控股方。

兩年前，三端成功掛牌上市，引入融資，同年，諾康投資開始逐漸對增滿堂中國分公司減持，顯然增滿正昭逐漸想將中國分公司一併私有化。

大戰的苗頭在那個時候已經顯現，增滿正昭這麼做無非是希望之後跟三端對峙時，不必顧慮任何股東。然而，三端在諾康徹底退出增滿堂分公司，而增滿正昭個人還在籌措資金時，突然發布公告，聲稱將通過二級市場增持增滿堂中國分公司的股份。當時三端的市值甚至連增滿堂的一半都不到，巨大的體量差異讓絕大部分的人認為薛齊是在痴人說夢。

但業內人士都能看得很清楚，三端這個時機抓得無比精準，此時的增滿堂分公司恰好沒有了控股股東，而增滿正昭的現金流未必跟得上。只是讓所有人都沒想到的是，增滿正昭引進白衣騎士[6]，突然和一家日本投資公司談成合作，轉讓零點七億股，同時，增滿堂中國分公司作為合夥人，持有對方百分之四十七的股份。有趣的是，這位白衣騎士正是當時融資三端的，局面瞬間逆轉，看起來更像是增滿堂中國分公司即將完成對三端的收購。

一個月後，三端再次發布公告，稱已持有增滿堂中國分公司百分之六的股份。增滿堂中國分公司啟動毒丸計畫，即低價增發大量新股，以稀釋三端的股份占比，同時增加了收購成本。本來局面演繹到這個地步，雖說雙方都沒得到什麼，但正常情況下三端多半是已經被逼退了。

可是，僅僅過了半個月，白衣騎士突然反水，三端對增滿堂中國分公司的控股瞬間上升到百分之二十四，已逼近持股比例接近百分之三十的要約收購線。遭受重創的增滿正昭終於意識到他一開始就被薛齊擺了一道，他找的白衣騎士早就已經是薛齊的人。無奈之下，增滿正昭親自走訪，說服了二十多個小股東簽署一致行動協定，合計持股達到了百分之二十三點二，雙方股權再度拉近。

自此，三端和增滿堂進入了長達半年的僵持戰，誰都沒能更進一步，但又都不願意退讓。

表面上看起來這就是一場完全沒有輸贏的戰爭，薛齊並沒有如同最初公告所說的那樣，完成對增滿堂中國分公司的收購，但是同樣，增滿正昭也沒有完全防守住。

事實上，薛齊已經贏了，以增滿堂的品牌效應來看，他完全可以透過股權升值獲得收益，而誰也說不準他哪天會突然放出增滿堂的股權，到時候二級市場恐怕又是一陣混亂，甚至可能會有無數後來者效仿他，增滿正昭終究會疲於應付。

增滿正昭主動去找薛齊提出和解，只不過是時間問題了。

隨著這場大戰一起躍入眾人視線的，除了薛齊，還有另外兩位人物——蕭湛和施易。

當然，其中收穫最多人氣的莫過於蕭湛，他的小迷妹原先只知道他是漆藝匠人裡最帥的，現在還是漆藝匠人裡最會玩金融遊戲的！

只不過在這場控股大戰即將收官時，他失蹤了。

至於失蹤的原因……

「羅夏可這個賤女人！要是殺人不犯法，我一定弄死她！最好別再讓我碰到，不然見她一次打她兩次！」崔念念怒罵著。原本就不大的新娘休息室，已經被她的怒氣填得滿滿當當。

吳瀾淡淡地瞥了她一眼：「妳活該，誰叫妳騙蕭湛說妳得了絕症？」

「那也是他小時候先騙我的！」

「小時候那叫童言無忌，到了妳這歲數，就是欺騙別人的感情了。」

「就算我欺騙他的感情好了，有必要失蹤嗎？失蹤前還打電話問我到底什麼時候死！」

「他那也是被妳氣的嘛，妳幹嘛當真啊。」童佳芸拍了拍她的肩安慰道。

「我才氣呢……」崔念念嘟起嘴，氣勢忽然就軟了下來，「我還以為他喜歡我呢，都已經在認真考慮了，結果他對我所有的好就只是同情啊……」說著說著，她居然哭起來了，並且有越哭越凶猛的架勢，任憑吳瀾和童佳芸怎麼勸都沒用。

封趣剛換完迎賓婚紗，走出來見到的就是這一幕。

為什麼要在她的婚禮上哭啊？太不吉利了啊！

另一頭，吳瀾和童佳芸朝她拋去求救的目光，這種混亂的場面，大概只有封趣有辦法了。

為了讓自己的婚禮能夠順利進行下去，封趣決定——

「薛齊請蕭湛做伴郎。」

一句話成功讓崔念念的哭聲瞬間止住。崔念念眨著眼睛，呆呆地看著封趣，睫毛上還掛著淚珠，看起來楚楚可憐。半晌她才回過神來：「快！快幫我補妝！」

後來，封趣和薛齊大概是唯一一對結婚時沒有伴娘和伴郎的人了吧？說不清到底是伴郎把伴娘拐走了，還是伴娘把伴郎拖走了。

為什麼不是童佳芸和印好雨當呢？因為這兩個人的速度比他們還快。

好在婚禮蛋糕夠大，大得有些離譜，讓整個舞臺看起來頗為擁擠，以至於就算沒有伴郎和伴娘，看上去還是滿和諧的，只是切蛋糕的時候有點辛苦。

「薛齊，我有個問題想問。」

「叫老公。」

「老公。」

「嗯，妳想問什麼？」

「你為什麼要訂這麼大的蛋糕？」整整十層！也太誇張了？有錢也不能這麼浪費啊！

「我不是說好每年都要買生日蛋糕給妳嗎？」

「可是今天也不是我的生日啊……」就算是生日，也不用十層蛋糕啊！

「我不是還說過，中間空白的這幾年，以後會找機會替妳補上嗎？」

她想起來了，他確實說過，在很早之前，他們剛重逢的時候。當時她以為那就是一句玩笑話，現在看來，這個人是早有預謀了！

嫁給薛齊的這一天，封趣意識到了——也許她從六歲那年起，就掉進了他所布好的陷阱裡，這輩子都出不來了。

可是，出來幹什麼呢？外面的世界太危險，他把她藏在裡頭保護起來，多好。

——全文完

6 白衣騎士：向遭受第三方惡意收購的公司提出善意收購的公司。

高寶書版集團
gobooks.com.tw

YH 057
人生苦短甜長（下）

作　　者　安思源
特約編輯　Rei
責任編輯　陳凱筠
封面設計　鄭婷之
內頁排版　賴姵均
企　　劃　何嘉雯

發 行 人　朱凱蕾
出　　版　英屬維京群島商高寶國際有限公司台灣分公司
　　　　　Global Group Holdings, Ltd.
地　　址　台北市內湖區洲子街88號3樓
網　　址　gobooks.com.tw
電　　話　(02) 27992788
電　　郵　readers@gobooks.com.tw（讀者服務部）
傳　　真　出版部(02) 27990909　行銷部 (02) 27993088
郵政劃撥　19394552
戶　　名　英屬維京群島商高寶國際有限公司台灣分公司
發　　行　英屬維京群島商高寶國際有限公司台灣分公司
初　　版　2021年10月

國家圖書館出版品預行編目(CIP)資料

人生苦短甜長/安思源著. -- 初版. -- 臺北市：英屬維京群島商高寶國際有限公司臺灣分公司, 2021.10
　面；　公分. --

ISBN 978-986-506-252-1(上冊：平裝). --
ISBN 978-986-506-253-8(下冊：平裝). --
ISBN 978-986-506-254-5(全套：平裝)

857.7　　110015819